MW01382526

ON SE REVERRA PETITE...

EXBRAYAT

ON SE REVERRA PETITE...

PARIS
LIBRAIRIE DES CHAMPS-ÉLYSÉES

© EXBRAYAT, LIBRAIRIE DES CHAMPS-ÉLYSÉES, 1964.

PERSONNAGES PRINCIPAUX

SUPERINTENDANT BOYLAND. — *De Scotland Yard, service des stupéfiants.*

INSPECTEUR BLISS.

INSPECTEUR MARTIN.

SAM BLOOM. — *Propriétaire du* New Fashionable.

JACK DUNCAN. — *Propriétaire du* Palmier d'Hawaï.

PETER DEWITT. — *Lieutenant de Duncan.*

PATRICIA POTTER. — *Chanteuse de cabaret.*

MALCOLM MCNAMARA. — *Eleveur de moutons.*

DOCTEUR ADAMFITH.

EDMUND. — *Homme à tout faire du* New Fashionable.

TOM. — *Portier du* Palmier d'Hawaï.

CHAPITRE PREMIER

Pour Sam Bloom, propriétaire du *New Fashionable*, un hôtel des plus miteux de Soho, dans Warwick Street, il ne faisait pas de doute que son client du second se droguait. Sam, vieux routier de la drogue, savait en repérer les effets, même légers. Il n'en usait pas lui-même, se contentant d'indiquer à ceux pouvant payer où se procurer de l'héroïne de belle et bonne qualité. Sam n'agirait d'ailleurs pas ainsi avec ce type du second, installé au *New Fashionable* depuis huit jours, et dont les chaussures quelque peu éculées, le costume propre mais ciré aux revers et légèrement élimé aux poignets, sans compter la chemise douteuse, disaient assez qu'il traversait une bien mauvaise passe. Sam le surveillait, car les drogués qui « manquent » sont capables de tout pour s'offrir ce dont ils ont besoin. D'après sa déclaration, le gars arrivait de Liverpool et se prétendait acteur. Un minable, oui, et rien de plus. Bloom pensait sérieusement à se débarrasser de ce client quand le type en question se montra, descendant l'escalier d'une allure hésitante, comme s'il souffrait de vertige. Il vint jusqu'au bureau derrière lequel Sam se tenait à l'affût.

9

— Rien pour moi ?

— Non, Mr. Carvil.

L'homme haussa les épaules et sortit. Arrivé sur le trottoir, Bloom le vit hésiter, puis se décider à partir sur sa droite. Vraisemblablement allait-il errer à l'aventure afin de se fatiguer, pour essayer de ne plus penser à ce qui l'obsédait ? L'hôtelier hocha la tête : le drogué pouvait tenter tout ce qui lui passerait par la tête, il finirait à l'hôpital et goûterait l'horreur de la cure de désintoxication. Et après tout, qu'est-ce que ça pouvait lui faire, à Sam ?

Vers le milieu de la matinée, alors que Bloom donnait ses ordres à Edmund, une épave ramassée dans Soho cinq années plus tôt et qui, moyennant un salaire dérisoire, une nourriture des plus médiocres et une certaine quantité de whisky de mauvaise qualité, tenait au *New Fashionable* l'emploi d'homme de peine, une blonde éclatante se présenta, laissant derrière elle l'effluve agréable d'un parfum coûteux. A la vue de la jeune femme, Sam s'écria :

— Ma nièce ! quel bon vent vous amène ?

— Le simple désir de vous voir, mon oncle.

Par-dessus le bureau, l'oncle et la nièce échangèrent un baiser rapide et comme il n'y avait personne d'autre dans la pièce, Edmund crut bon de remarquer :

— Si c'est pour moi, vous avez bien tort de vous donner tant de mal...

Bloom prit très mal la chose.

— Quand on aura besoin de votre avis, Edmund, on vous sonnera ! Encore une réflexion de ce genre et je vous flanque à la porte ! Allez donc nettoyer la chambre de Mr. Carvil au lieu de bayer aux corneilles !

Le vieux sortit en grommelant des injures dont, malgré son acuité, son patron ne put saisir le sens. Lorsque Edmund les eut laissés, Sam s'enquit :

— Qu'est-ce qui se passe, miss Potter ?

— Jack m'envoie pour vous conseiller de vous méfier. Il a appris que le Yard s'intéressait tout particulièrement à notre quartier. Soyez donc très prudent avec vos clients éventuels.

— Ne vous en faites pas et rassurez Jack. A partir d'aujourd'hui et jusqu'à ce qu'il m'ait redonné le feu vert, je n'accepte aucun nouveau... Qu'est-il arrivé ?

— Rien de spécial, mais Jack doit recevoir un très important colis ces jours-ci et cela le rend nerveux. Il a l'impression que les inspecteurs rôdent trop autour du *Palmier d'Hawaï*.

— Pourtant, comment pourraient-ils se douter que votre boîte est la gare régulatrice, si j'ose dire ?

— Ce n'est pas à moi de vous répondre, Sam, qu'avec les drogués on n'est jamais tranquille. Ils vendraient père et mère pour une pincée de leur saleté.

Tout naturellement, cette réflexion amena dans l'esprit de Bloom l'image de Carvil.

— A ce propos, miss Potter, vous avertissez Jack que, depuis huit jours, j'ai un drôle de type comme client. Un drogué assurément...

Et il exposa à la jeune femme tout ce qu'il savait de Carvil.

*
* *

Si Patricia Potter n'était pas venue le mettre en garde, Sam aurait accueilli d'un cœur serein l'entrée du constable Michael Tornby qui s'occupait du quartier.

— Salut, Bloom.

— Bonjour, Mr. Tornby.

— Carvil ? Harry Carvil ? ça vous dit quelque chose ?

— Bien sûr, c'est le nom d'un de mes clients.

11

— Vous avez sa fiche ?

— Et comment !

Le policeman copia le bulletin rempli par Carvil lors de son arrivée.

— Il vous a payé ?

— Hier.

— Il a des bagages ?

— Pas beaucoup.

— Je peux les voir ?

— Je ne sais pas si j'ai le droit sans mandat de perquisition ?

Le constable se redressa.

— Ne jouez pas les idiots, Bloom, ou vous risqueriez de me fâcher !

Dans les pauvres valises de Carvil, l'agent ne trouva rien d'intéressant. En redescendant, l'hôtelier demanda :

— Ce Carvil n'a rien commis de grave, j'espère ?

— S'est bagarré avec un collègue dans Soho Square... L'est en tôle.

— Ca ne m'étonne pas !

— Pourquoi ?

A la manière dont le constable le regardait, Bloom se mordit la langue. Il n'aurait donc pas pu se taire, non ? Mais c'était sa faiblesse de vouloir toujours se faire bien voir. Le flic insistait :

— Qu'est-ce qui vous donnait à penser que ce type se conduirait de cette façon, Bloom ?

L'autre brûla ses vaisseaux.

— Je ne voudrais pas lui porter préjudice, mais j'ai l'impression que ce gars-là se drogue.

— Ah !

— Ce n'est pas que je sois un spécialiste de ces questions, mais on voit toute sorte de monde dans Soho...

Tornby se mit à rire. L'hôtelier s'en inquiéta.

— J'ai dit quelque chose de drôle ?

— D'inattendu et assez drôle dans un sens... Qu'on rencontre tous les genres de canailles imaginables dans Soho, c'est vrai, mais que ce soit vous qui le remarquiez, je trouve ça marrant !... non ?

Loin d'être un imbécile, Sam devina la menace voilée.

— Je vous offre un verre, Mr. Tornby ?

— Je ne bois jamais quand je suis en service, et lorsque je suis libre, je choisis ceux avec qui je bois. Je ne crois pas que vous serez jamais de ceux-là, Bloom.

Pendant cette scène, Harry Carvil se trouvait bien aux mains de la police, mais plus précisément au Yard dans le bureau du Superintendant Boyland du service des stupéfiants, car le pseudo-Harry Carvil n'était autre que l'inspecteur Geoffrey Pollard.

— Il paraît, Geoffrey, que vous avez été épatant dans votre bagarre avec le constable Morris. Le pauvre diable, qui ne se doutait de rien — nous avions omis de le prévenir pour qu'il soit plus naturel — a bel et bien failli vous assommer avec son bâton à ce qu'on m'a rapporté ?

— La prochaine fois, soyez assez aimable pour mettre les intéressés au courant, sinon je risque de commencer mon enquête par un séjour à l'hôpital. J'espère que ce Morris va s'engager aux championnats de boxe de la Police métropolitaine ! Bon Dieu ! J'ai des bleus partout !

— Parfait ! ainsi vous aurez vraiment l'air d'avoir été passé à tabac ! Et maintenant, Geoffrey, si vous cessiez vos cachotteries et me confiiez où vous en êtes ?

— Je n'ai pas tellement progressé, Super. Une seule chose certaine : le *New Fashionable*, dont j'ai le douteux honneur d'être l'hôte, est un centre de ravitaillement. Il y vient beaucoup plus de monde qu'il n'y en loge. Et il faut voir ces pauvres gens, des déchets.

13

— Voulez-vous que nous y organisions une descente ?

— Surtout pas ! Sam Bloom n'est qu'un petit intermédiaire. C'est la source, le grossiste qu'il me faut.

— Comment vous y prendrez-vous ?

— Je n'en sais encore rien, mais j'ai une petite idée. Sam a une nièce qui lui est aussi parente que moi, Patricia Potter, une fille ravissante qui chante au *Palmier d'Hawaï*...

— La boîte de Jack Ducan, hein ?

— Exactement.

— Mais dites donc, Geoffrey, la voilà votre filière. Duncan est bien connu de notre service. Il a été condamné plusieurs fois pour trafic de drogue.

— Je sais, mais l'homme est malin. Nous devons le prendre la main dans le sac, car je suis certain que nous pourrions tout ratisser chez lui, nous ne trouverions rien.

— Alors ?

— Alors, de gré ou de force, c'est par Sam que je dois passer. J'ai repéré une gosse, droguée jusqu'aux yeux, qui est venue à plusieurs reprises. J'ai surpris Sam la chassant brutalement. Sans doute n'a-t-elle plus d'argent. Je suis sûr qu'elle reviendra et je la filerai. Je n'ai pas voulu donner l'impression de m'intéresser à elle. De mon côté, je loue les drogués, car je connais bien leurs tics, mais comme je suis supposé ignorer que Bloom peut me ravitailler, je ne demande rien. J'attends des offres de services. Elles peuvent venir par lui ou par Edmund, l'homme à tout faire de la maison. Un pauvre bougre capable de tout pour une livre... Vous voyez que je suis assez bien accroché.

— D'accord, Geoffrey, mais prenez bien garde à vous... Vous savez aussi bien que moi que ces types ne reculent devant rien ? S'ils devinaient votre identité, je ne donnerais pas cher de votre peau. Voulez-vous que je demande à vos collègues Bliss et Martin de rester à votre portée ?

— Je ne crois pas que ce soit la bonne méthode, Super. Ces gens-là sont méfiants et au cas où ils auraient le plus léger soupon, ils me pisteraient. Par contre, j'aimerais que Bliss et Martin établissent une écoute permanente afin que je puisse les appeler à n'importe quelle heure du jour ou de la nuit.

— Comptez sur moi.

Le faux Carvil réintégra le *New Fashionable* le lendemain matin, le costume fripé, pas rasé, pas lavé et la chemise sale. Rien qu'à le voir, on comprenait qu'il avait passé la nuit ailleurs que dans son lit. Au moment où il lui remettait sa clef, Sam remarqua :

— Hier, un flic est venu pour vous... Il a copié votre fiche et il a fallu que je le laisse monter dans votre chambre où il a fouillé dans vos affaires. Je vous dis ça parce que je ne voudrais pas que vous vous imaginiez...

— Tous des salauds, ces flics... Je me suis un peu empoigné avec l'un d'eux et ils m'ont gardé en tôle jusqu'au matin... J'ai... j'ai bougrement besoin de... de...

Bloom remarqua le tremblement qui agitait les mains de son client. Insinuant, il insista, voyant que l'autre s'arrêtait :

— ... De quoi avez-vous besoin, Mr. Carvil ?

L'inspecteur donna l'impression d'être sur le point d'avouer quelque chose, puis de se reprendre par un effort de volonté.

— De me reposer...

— Eh bien ! voilà votre clef, Mr. Carvil.

Un drogué, pas d'erreur possible, mais pas tellement intoxiqué encore. En dépit des recommandations transmises par Patricia, Bloom était bien décidé à vendre quelques sachets de poudre

15

à Carvil quand il serait à point, mais au prix fort. Pourquoi se priver d'un substantiel petit bénéfice ?

Une heure plus tard, le faux Carvil redescendait et annonçait au patron :

— Je n'arrive pas à dormir... Je ne sais pas ce que j'ai...

— Il vous faudrait un calmant.

— Peut-être, mais ce n'est pas facile à se procurer.

— Oh ! il doit bien y avoir un moyen. Dans Soho, on trouve toujours tout ce qu'on veut à condition, bien entendu, d'y mettre le prix.

— C'est pas tellement la question d'argent, mais... il y a des risques...

— Pas pour ceux qui savent accorder leur confiance à qui la mérite, Mr. Carvil.

— Et vous en connaissez de ces gens, Mr. Bloom ?

— Disons que je peux me renseigner.

— Je vous en serais bien obligé.

Ils furent interrompus par la toute jeune fille dont l'inspecteur avait parlé au Superintendant. Elle s'avança, secouée de frissons, le visage creusé, vers le bureau de Bloom. Elle semblait en état de somnambulisme. A sa vue, le tenancier cria :

— Qu'est-ce que vous venez chercher ici ? Je vous ai dit et répété qu'il n'y avait rien pour vous, c'est clair, non ?

— Mais, Mr. Bloom, rien qu'une petite...

— Taisez-vous ! Allez-vous vous taire, n... de D... !

— Mr. Bloom, je vous jure que je vous paierai !

Sam jaillit de derrière son bureau, empoigna la petite par le bras et la jeta dehors avec une brutalité écœurante. Le policier dut se cramponner à l'idée de sa mission pour ne pas sauter sur l'hôtelier.

— Il y en a qui ont du culot, je vous jure !

Si je me laissais faire, elles me mangeraient jusqu'au dernier penny ! Voilà ce que c'est d'être trop bon...

Et avec un sourire qui donna à l'inspecteur une furieuse envie de le gifler, il ajouta :

— Mais à mon âge on ne se refait pas.

Piaffant d'impatience, le policier voulait se lancer sur les traces de la pauvre gosse, mais il importait de ne pas donner l'éveil à Sam. Il se leva, feignant d'avoir quelque peine à retrouver son équilibre.

— Je ne me sens vraiment pas bien du tout... Je crois que je vais m'obliger à une petite promenade pour essayer de m'éclaircir les idées.

— D'accord... Au cas où elles ne s'éclairciraient pas, revenez me demander conseil, Mr. Carvil. Vous m'êtes très sympathique et je déteste laisser dans l'ennui les gens pour qui j'éprouve de la sympathie.

La chance voulut que la petite ne se fût éloignée que de quelques pas de l'entrée de l'hôtel. Peut-être espérait-elle convaincre quand même Sam Bloom ? Le policier la vit hésiter, esquisser un mouvement comme pour retourner au *New Fashionable*, puis se reprendre et partir d'une allure vacillante. Il la suivit. A chaque angle de rue, elle examinait la plaque indicatrice. Visiblement, elle savait où elle allait. Ainsi, l'un derrière l'autre, ils gagnèrent Broadwick Street où la jeune fille s'engouffra dans une maison qui portait une plaque indiquant que le docteur Hillary Adamfith y logeait. L'inspecteur entra à son tour, sonna à la porte du médecin et, introduit dans le salon d'attente, il y retrouva avec soulagement celle qu'il filait. Lorsque vint le tour de la jeune fille, elle se leva d'un trait quand le docteur ouvrit la porte de son cabinet et le bouscula presque pour y pénétrer. Le praticien en parut quelque peu interloqué, mais habitué sans nul doute à toutes les réactions possibles des malades, il ne

17

manifesta pas le moindre sentiment de réprobation avant de rejoindre sa cliente. Bien que brève, la scène avait permis à Pollard d'observer le docteur. Un assez bel homme d'une soixantaine d'années, au visage grave et sympathique, tout à fait le genre d'homme à qui l'on n'hésite pas à confier ses ennuis, même les plus difficilement avouables.

Au signe que lui adressa le médecin revenu dans le salon d'attente, le policier répondit, car il estimait qu'il en apprendrait plus sur la jeune droguée par le docteur qui l'avait examinée qu'en la suivant. Le fait qu'elle s'accrochait au *New Fashionable* laissait entendre qu'elle ne connaissait pas d'autres centres où se ravitailler.

L'ayant prié de s'asseoir dans le fauteuil lui faisant face, le praticien prit place à son bureau.

— C'est la première fois que je vous vois, n'est-ce pas ?

— La première, docteur.

— Voulez-vous me donner votre nom ?

En réponse, le policier lui montra sa carte du Yard. Adamfith l'examina avant de demander :

— Votre visite est professionnelle ou... ?

— Professionnelle.

— Ah ?

— Je souhaiterais que vous me disiez tout ce que vous savez sur la jeune fille qui m'a précédé dans votre cabinet.

— Miss Bunhill ?

— J'ignorais son nom. Je vous remercie de me l'apprendre. Pouvez-vous me donner également son adresse ?

— 124 St. Anns Road.

— C'est à Notting Hill ?

— En effet. Puis-je à mon tour...

— De quoi se plaignait-elle ?

— Vous devez comprendre, inspecteur, que le secret professionnel...

18

— Il n'y a pas de secret professionnel quand il s'agit d'une droguée, docteur !

— Ah ! vous savez...

Le policier, jouant franc jeu, raconta à Adamfith comment et où il avait rencontré miss Bunhill.

— Visiblement, elle manquait de drogue... Que vous a-t-elle dit ?

— La vérité. Mais ce n'est qu'une petite intoxiquée. Je crois que si elle m'accorde confiance, je l'arracherai à son enfer. Je lui ai administré une piqûre tranquillisante. Elle doit revenir demain... Reviendra-t-elle ? Si vous connaissez les drogués, vous n'ignorez pas qu'il n'y a pas plus instables. Il suffit qu'une amie lui offre de la ravitailler gratuitement pour qu'elle oublie ses bonnes résolutions. A cela, nous ne pouvons rien ni vous ni moi.

— Vous a-t-elle dit qui lui procurait la drogue ?

— Non, et je ne le lui ai pas demandé pour ne pas l'effaroucher.

— Docteur, pourquoi est-elle venue vous trouver ?

— Je ne saisis pas le sens de votre question.

— Pourquoi vous spécialement, ou est-ce par hasard ?

— On sait dans Soho que je me suis attaqué depuis toujours à ce problème de la drogue... On le lui aura appris, sans doute.

— Depuis quand vous intéressez-vous particulièrement aux intoxiqués, docteur ?

— Depuis que ma fille est morte.

— Je vous demande pardon, mais...

Adamfith leva vers le policier son regard lourd.

— Ruth était tout pour moi depuis que j'avais perdu sa mère. Comme tous les pères du monde, je la trouvais plus belle que toutes les autres... Elle poursuivait ses études à l'Université de Londres. Je n'avais qu'à me féliciter de sa tenue, de sa sagesse, car je n'avais guère le temps de la surveiller, voire de la conseiller... Elle sortait peu... Se destinant à l'enseignement des langues orientales,

19

elle se donnait tout entière à l'étude. J'étais fier de ma petite Ruth et puis, un jour, j'ai remarqué qu'elle maigrissait, que ses yeux devenaient fiévreux... Je lui ai demandé des explications et, pour la première fois, je l'ai trouvée réticente, presque hostile... Je n'ai pas insisté, me contentant de la surveiller, et je me suis aperçu qu'elle ne mangeait presque plus. Alors, je me suis mis en colère et je me suis heurté à un mur. Comprenez-vous, inspecteur, ma petite fille se dressait devant moi en ennemie. J'étais tellement stupéfait, tellement dérouté que je me souviens avoir quitté la table ce soir-là et m'être enfermé dans mon bureau, attendant qu'elle vienne solliciter mon pardon. Elle n'est pas venue.

Une sorte de sanglot rauque brisa la voix du médecin et le policier, ému, ne songea pas à dire le moindre mot.

— Excusez-moi, mais pour moi, ce drame est toujours actuel, toujours aussi douloureux... Comme tous les pères encore, j'ai pensé à ce que vous pouvez supposer. J'ai tenté de confesser Ruth, lui affirmant qu'elle pouvait tout me confier, que quoi qu'elle ait fait, elle trouverait en moi un ami... que je ne voulais surtout pas qu'elle s'en remette à des charlatans... Elle m'a contemplé avec ahurissement, puis elle a crié : « Parce que vous vous imaginez que je vais avoir un bébé ? » Et elle éclata d'un rire irrépressible qui la plia littéralement en deux, un rire hystérique et elle m'a quitté sans rien ajouter. Je ne comprenais pas, inspecteur, et pourtant, dans mes souvenirs, retentissait ce même rire que j'avais entendu déjà mais où et quand ? Ce n'est que quarante-huit heures plus tard, classant de vieux papiers datant de mon premier stage dans un hôpital, que j'ai réalisé : ce rire de Ruth, je l'avais entendu chez une droguée, et dès lors, tous les symptômes trop évidents me sautèrent littéralement aux yeux. Ma fille se droguait ! Ce fut, pour moi, un coup terrible...

inhumain. Quand je lui ai dit que je savais ce dont elle souffrait, elle m'a nargué, oui, inspecteur, Ruth n'était déjà plus ma petite Ruth... Celle-là avait disparu sans que je m'en aperçoive... J'avais perdu ma fille et je ne m'en étais pas rendu compte, pouvez-vous admettre une horreur pareille ?

— Mais en tant que médecin, n'avez-vous...

— J'ai tout essayé, inspecteur. Cures de désintoxication, traitements, dépaysement, rien n'y a fait. Sitôt sortie, elle retournait à son vice. Je l'ai privée d'argent, elle s'est quand même procuré de la drogue par des moyens que je n'ose imaginer... De temps à autre, cependant, elle redevenait ma Ruth d'autrefois, elle me suppliait de la sauver, nous pleurions dans les bras l'un de l'autre, et je recommençais à croire à une guérison possible, mais dès le lendemain, cela recommençait...

— Et... elle est morte ?

— Oui... On l'a découverte dans l'arrière-salle d'un bar... Elle s'était empoisonnée. Peut-être dans un moment de lucidité, a-t-elle eu honte de ce qu'elle était devenue, et n'a pas pu surmonter cette honte...

Devant ce visage ravagé de vieil homme désespéré, l'inspecteur se sentait pris d'une infinie pitié.

— Et c'est depuis ce jour-là que vous soignez les drogués ?

— Oui... Surtout les jeunes filles, les jeunes femmes, parce qu'en toutes je reconnais Ruth... En ces épaves, c'est Ruth que j'essaie d'arracher à la monstrueuse déchéance. Tenez, cette petite, tout à l'heure, il me semblait qu'il s'agissait de ma fille venue se confier à moi... Aussi, vous pouvez compter sur toute l'aide que je suis capable de vous apporter.

— Je vous en remercie, docteur, mais si vous vous attachez aux victimes, moi c'est aux responsables que je m'attaque. Il faut que je mette ces misérables hors d'état de nuire.

— Ce sera difficile.

21

— Nous sommes habitués aux tâches difficiles.

— Je vous souhaite du courage, inspecteur, et beaucoup de chance aussi.

— Du courage, votre confiance m'en a apporté un peu plus.

— Dans ce cas, je suis heureux que vous ayez pensé à suivre cette pauvre gosse.

L'inspecteur décida que miss Bunhill ne devait pas se trouver dans un état particulièrement brillant et que c'était le moment d'essayer d'obtenir d'elle les renseignements qui pourraient le conduire jusqu'aux meneurs du jeu. Il sauta dans un taxi et se fit conduire à Notting Hill. Le numéro 124 de St. Anns Road ne payait pas particulièrement de mine. Les drogués sont peu soucieux de leur confort puisque, la plupart du temps, ils vivent dans un autre monde. Une bonne femme menue, incolore, comme délavée et qui se prétendait gérante de l'immeuble, consentit à révéler au visiteur que miss Bunhill venait de rentrer dans sa chambre et elle crut devoir ajouter en ricanant, qu'elle ne lui avait guère paru en état de tenir une conversation.

La porte de la chambre n'était pas fermée à clef et, comme on ne répondait pas à son appel, l'inspecteur entra. Une pièce négligée. Des vêtements traînaient un peu partout, de la vaisselle sale s'empilait près du fourneau à gaz et l'air lourd, plein de relent de cuisine, laissait entendre qu'on ouvrait rarement la fenêtre. Quant au ménage, nul ne semblait se soucier qu'il fût fait ou non. Le policier reconnaissait ce laisser-aller écœurant des victimes de la drogue, ayant perdu toute notion de dignité humaine et incapables de penser à autre chose qu'à retomber dans cette torpeur mortelle, mais apaisante que la moindre piqûre ou prise leur procurait. Sur le lit défait, allongée tout habillée — ayant même gardé ses chaussures — miss Bunhill dormait. Mais son sommeil était moins profond qu'il n'y paraissait, car sentant la présence insolite près d'elle, elle ouvrit les yeux. Son regard vacillant effleura le visage de Pollard au passage sans s'y fixer, puis revint vers lui et, à ce moment-là, les prunelles, petites, parurent s'élargir. Miss Bunhill essaya de se relever, mais elle n'y put parvenir, et l'inspecteur dut l'aider à s'asseoir. La voix pâteuse, elle s'enquit :

— Qu'est-ce que vous fichez chez moi, vous ?

— Je suis entré parce que vous ne m'avez pas répondu et que la porte n'était pas fermée.

— Qu'est-ce que vous me voulez ?

— Vous parler.

— A quel propos ?

— La drogue.

Elle l'examina et, soupçonneuse :

— C'est Sam qui vous envoie ?

— Non.

— Ah ?... et puis je m'en balance... Je n'ai pas d'argent et je ne suis plus assez ragoûtante pour que vous acceptiez un autre genre de paiement, n'est-ce pas ?

— Ainsi, vous en êtes là, miss Bunhill ?

Incrédule, elle le contempla longuement.

— Vous... n'avez pas de la... de la marchandise à me proposer ?

— Non.

— Alors, je ne comprends pas ?

— J'appartiens à la police, miss Bunhill.

Elle émit un râle d'épouvante.

— Vous... vous allez m'arrêter ?

— Non.

Pollard s'assit au chevet du lit.

— Ecoutez-moi bien, miss Bunhill. Je ne suis pas ici pour ajouter à vos misères, mais pour essayer de vous sauver.

Elle haussa les épaules.

— Trop tard...

— Vous vous trompez. Quel âge avez-vous ?

— Vingt-quatre ans.

— Et vous vous jugez vieille, sans doute ?

23

— Je le suis.

Il n'y avait nulle ironie dans la réplique, mais, au contraire, une conviction qui impressionna le policier. Il eut de la peine à réagir.

— Ne dites donc pas de sottises ! Je vous dis, moi, que si vous voulez m'aider, je vous guérirai et vous redeviendrez une jeune fille comme les autres.

Elle se mit à pleurer doucement, sans bruit, et chuchota :

— Si cela pouvait être vrai...

— Ce le sera si vous acceptez de m'écouter. Miss Bunhill, comment en êtes-vous arrivée là ?

Elle n'hésita qu'un instant avant de lui raconter son histoire, une histoire comme l'inspecteur en avait entendu déjà des centaines. Le chômage, l'isolement, la fréquentation des bars, le goût d'une existence apparemment facile et puis, le soir de cafard où, redevenue lucide on dresse un bilan si pitoyable qu'on se sent l'envie d'en finir, un ami charitable vous déclare qu'il va vous retaper en moins de deux, grâce à une piqûre de rien du tout. Sceptique, on accepte parce que, décidée à mourir, on se moque de tout et, merveille ! la drogue fait un effet extraordinaire. On considère comme des bagatelles tout ce qui vous écrasait un instant plus tôt et on reprend confiance dans la vie. Mais la dépression revient, et on retourne à l'ami obligeant qui, cette fois, est obligé de vous demander de l'argent. Vous êtes pris. Après le besoin impérieux de la drogue, le manque d'argent, etc. tout cela se terminant dans la prostitution, le suicide ou la cure de désintoxication.

Miss Bunhill n'était pas un cas à part. Pollard entreprit de l'endoctriner. Il parla lontemps, longtemps et la nuit était venue qu'il parlait encore, écartant toujours les objections, annihilant toutes les angoisses. Il sut se montrer assez convaincant puisque miss Bunhill finit par admettre que vingt-quatre ans n'étaient pas la vieillesse et que guérie, elle aurait encore bien des années devant elle. Finalement, elle accepta d'accorder sa confiance au policier et de le suivre à l'hôpital où l'on commencerait la cure de désintoxication.

— Et maintenant, miss, par votre propre exemple, vous comprenez combien sont criminels les gens qui gagnent de l'argent — beaucoup d'argent — sur des malades devenus malades par leurs soins ?

— Oui, c'est ignoble !

— Ils sont une plaie pour notre société. Vous devez m'aider à les mettre hors d'état de nuire. Qui vous procurait la drogue ?

— La première fois ?

— Oui.

— Oh ! un copain... sans importance... A présent, je sais qu'il se droguait lui-même... Il s'appelle John Willby... Il habitait du côté de Hampstead, je crois...

— Mais après lui, qui vous ravitaillait et empochait votre argent ?

— Sam Bloom.

— Celui-là, il finira ses jours en prison ! Mais je suis sûr que Sam n'est que du menu fretin. Savez-vous qui est derrière lui ?

— Vous voulez dire ses patrons ?

— Oui.

— Je l'ignore, mais à plusieurs reprises, j'ai vu un homme très élégant venir parler à Sam et sur un ton qui laissait bien entendre qu'il était son chef...

— Vous ne savez pas son nom ?

— Non, mais je crois... notez que je n'en suis pas certaine, qu'il est le directeur d'une boîte, le *Palmier d'Hawaï*.

Pollard faillit embrasser son interlocutrice qui, sans s'en rendre compte, lui confirmait ses soupçons. Le type élégant n'était autre que Jack Duncan, et tout cela se recoupait parfaitement

25

avec les visites de la fausse nièce de Sam, Patricia Potter, l'amie attitrée de Duncan.

— Miss Bunhill, vous êtes la fille la plus formidable que j'aie jamais rencontrée ! Avant de gagner l'hôpital, nous allons passer par le Yard et vous répéterez au Superintendant Boyland tout ce que vous venez de me raconter. D'accord ?

— D'accord.

Pollard tendit les mains à la jeune fille pour l'aider à sortir du lit quand une voix goguenarde le figea sur place.

— Seulement, moi, je ne suis pas d'accord !

Lâchant miss Bunhill, le policier se retourna, mais le visiteur donnant la lumière le força à fermer les yeux. Quand il les rouvrit, il vit l'homme le menaçant de son pistolet allongé d'un silencieux.

— Ne faites pas de bêtises, Peter !

— La bêtise, c'est vous qui l'avez faite, sale flic ! Quant à toi, la gosse, tu aurais mieux été inspirée de tenir ta langue !

Incapable d'articuler un mot ni même de pousser un cri, miss Bunhill regardait, horrifiée, Peter Dewitt, le lieutenant de Jack Duncan. Pollard essaya d'en imposer au tueur par son calme.

— Vous tenez tellement à vous passer la corde au cou, Peter ?

— Que vous dites !

— Vous pensez bien que nos services ont remonté jusqu'au *Palmier d'Hawaï*.

— Tiens ! Tiens !

— Tout à l'heure j'ai téléphoné, en quittant Sam Bloom, pour donner le tuyau au Superintendant.

— Ce n'est pas gentil, ça... pas gentil du tout... mais merci quand même du renseignement.

L'inspecteur, se fiant à sa chance, se jeta sur Peter, mais l'autre se tenait sur ses gardes et il tira. Frappé en pleine tête, Geoffrey Pollard tomba le nez en avant. Miss Bunhill porta la main à sa

26

bouche comme pour étouffer le cri qui lui montait aux lèvres. Le tueur lui sourit :

— Du calme, petite... Un flic de moins, ni vous ni moi ne nous en porterons plus mal, hein ? Et maintenant, il vous faut oublier tout ça... et pour oublier, rien de mieux qu'une petite dose, pas vrai ?

— Je... je ne veux pas !

— Allons, ne faites pas d'histoires, ma jolie. Vous allez partir pour le pays des rêves et quand vous vous réveillerez, j'aurai débarrassé la chambre de ce qui l'encombre et vous ne vous rappellerez plus de rien. Ce n'est pas merveilleux, ça ?

Elle se résigna presque tout de suite. Elle sentait qu'un peu de drogue lui rendrait ce repos qu'elle cherchait, auquel elle aspirait de toutes ses forces. Elle soupira à la perspective du calme promis et surtout de ne plus penser à cet homme si gentil et qu'on venait de tuer sous ses yeux. Elle s'allongea et retroussa la manche de son chemisier.

— Je suis content que vous vous montriez raisonnable, mon petit, et pour vous récompenser, quand vous n'aurez pas d'argent, venez me trouver au *Palmier d'Hawaï*, on s'arrangera pour vous procurer en douce ce dont vous aurez besoin.

Il fit une ligature au bras que miss Bunhill lui offrait et lorsque la veine gonfla, il enfonça l'aiguille de la seringue sortie de sa poche. La jeune fille ferma les yeux dans l'attente. Alors, d'un coup sec, ayant ôté sa ligature, Peter Dewitt appuya sur le poussoir. Mais il n'y avait rien dans la seringue.

Le meurtrier se redressa tranquillement, essuya la seringue avec son mouchoir et la posa sur la table. Contemplant le visage de miss Bunhill, il soupira :

— Dommage...

C'est alors qu'il perçut un léger grattement dans le couloir. D'un bond, il se colla contre le mur de façon à ce que la porte, si elle s'ouvrait, le cachât. On frappa. On refrappa. On ouvrit doucement :

— Miss Bunhill, il me semblait avoir... O Seigneur mon Dieu !

La logeuse, pétrifiée, regardait le corps du policier étalé à plat ventre et le sang qui, de sa tête, coulait sur le plancher. Automatiquement, elle avança d'un pas et reçut un coup sur le crâne qui l'expédia au sol sans connaissance. Avant de sortir, Dewitt prit soin d'éteindre la lumière.

Peter Dewitt, qui avait arrêté sa voiture fort loin de la maison habitée par miss Bunhill, ne fut pas remarqué et put tranquillement rejoindre le *Palmier d'Hawaï* où il gagna rapidement le bureau directorial. Jack Duncan et Patricia Potter l'attendaient. Tout de suite, le beau Jack demanda :

— Alors ?

Tout en s'installant dans un fauteuil, le tueur répondit laconiquement :

— Mission terminée... Je boirais bien un coup.

— Personne ne vous a vu ?

— Vous ne me prenez quand même pas pour un débutant ?

— Ça va ! Racontez ?

— Le flic a voulu jouer au petit soldat et je l'ai envoyé exécuter son numéro devant le Grand Manitou.

— Et la fille ?

— Passée de l'autre côté, elle aussi.

Patricia se leva d'un jet.

— Vous avez tué cette gosse ?

— Et alors ? ça vous choque ?

— Vous êtes un lâche !

A son tour, Jack se leva doucement et gifla par deux fois Patricia.

— Pour vous rappeler, ma chère, que vous ne devez donner votre opinion que si je vous la demande.

Refrénant l'envie de pleurer qui lui brûlait les yeux, miss Potter regarda Duncan bien en face.

— Vous êtes bien faits pour vous entendre, tous les deux ! Aussi lâches l'un que l'autre ! Battre des femmes ; tuer des êtres sans défense ou par-derrière, voilà vos exploits ! et vous vous prenez pour des hommes !

Une nouvelle gifle obligea Patricia à se taire tandis que Jack affirmait presque tendrement :

— Vous devenez trop bavarde, Patricia, et cela commence à me déplaire. Si l'existence que vous menez ici vous pèse, je puis toujours vous trouver un engagement dans une de ces pensions que tiennent des amis à moi à Liverpool ou à Cardiff... Une belle clientèle de matelots. Vous y réussirez sûrement très bien.

La jeune femme eut un frisson de dégoût devant les perspectives offertes par les menaces de Duncan. Sans mot dire, elle se dirigea vers la porte mais au moment de sortir elle les contempla tous les deux : Jack plus racé, Peter plus rustre, mais tous deux se ressemblant par leur allure de bêtes de proie.

— Un jour, vous paierez vos crimes et ce jour-là, je rirai de bon cœur et longtemps.

— Si vous êtes encore en état de rire, ma chère.

Patricia disparue, Peter remarqua :

— Qu'est-ce qu'il lui prend ?

— Une sentimentale.

— Serait préférable qu'elle se taise.

— Elle se taira.

— Pas sûr...

— Patricia, c'est mon affaire, Peter, tenez-le-vous pour dit. Cela m'ennuierait d'avoir à vous le rappeler.

— Entendu... Ah ! pendant que j'y pense, le flic avant de rendre son âme au diable, m'a averti que le Yard avait l'œil sur nous.

— Je m'en doute.

— Et qu'une descente était prévue.

— Aucune importance, ils ne trouveront rien.

— Si le type n'a pas bluffé, il faut s'attendre à

29

voir arriver ces gentlemen sitôt la découverte du corps de leur copain.

— On les accueillera comme d'habitude, avec le sourire. Je donnerai l'ordre à Tom de refuser l'entrée à n'importe quel drogué qui se présentera et il les reconnaît parfaitement pour avoir été des leurs.

— Ah ? j'ignorais...

— Je ne suis pas obligé de tout vous confier, Peter. La seule chose importante, c'est qu'aucun indice ne puisse mener à vous.

— Pour ça, soyez tranquille.

Peter Dewitt se trompait.

Il se trompait, Peter, car sitôt qu'elle eut repris ses sens, la logeuse de la pauvre miss Bunhill se mit à pousser des cris affreux, ce qui eut pour effet immédiat d'ameuter tous les locataires et d'éveiller la curiosité du constable McGovern se promenant dans le quartier. Moins d'une demi-heure plus tard, le Superintendant Boyland apprenait la mort de l'inspecteur Geoffrey Pollard. Il appela aussitôt les inspecteurs Bliss et Martin. Boyland était un homme froid qu'on ne se souvenait pas avoir entendu crier, mais ses colères, pour ne point s'exprimer avec violence, ne s'en révélaient que plus redoutables. Pâle, le visage agité, de temps à autre, de tics nerveux, le Superintendant annonça à ses subordonnés son intention bien arrêtée de venger Pollard, qu'il y mettrait le temps nécessaire, mais qu'il ferait pendre le meurtrier de Geoffrey ; Bliss et Martin avaient une telle confiance en Boyland qu'il ne leur vint pas à l'idée d'élever le moindre doute quant au succès de l'entreprise.

L'inspecteur Martin interrogea la logeuse qui, couchée, la tête entourée d'un pansement, gémissait sur son malheur, se disant persuadée que le coup reçu sur le crâne risquait de lui avoir « cassé » quelque chose dans la cervelle. Comme l'inspecteur semblait ne pas s'affoler outre mesure devant cette perspective elle sanglota à l'idée qu'avec un tout petit peu moins de chance, elle aurait pu tenir le rôle d'un troisième cadavre dans la chambre de miss Bunhill. Martin écouta patiemment. En arrivant, il avait tout de suite ordonné l'enlèvement du corps de Pollard et le médecin légiste avait reconnu dans la dépouille de la jeune fille les stigmates d'une droguée. Si Pollard était mort d'une balle dans la tête, miss Bunhill avait succombé à une injection d'air dans la veine du bras gauche. A son tour, Martin se promit de ne pas prendre de vacances avant d'avoir conduit l'assassin au gibet. Pressée de questions, la logeuse finit par se rappeler qu'elle avait entendu, dans la chambre de miss Bunhill, un homme crier : ne faites pas de bêtises, Peter ! C'est même cette phrase qui, lui parvenant de l'étage au-dessous, l'avait intriguée. Et puis, tandis qu'elle donnait une infusion à la vieille miss Crumpett souffrant de la grippe, elle avait perçu de drôles de bruits au-dessus de sa tête. Curieuse, elle était montée, mais à son âge et avec son asthme, elle ne pouvait aller vite. Il lui fallait respirer à chaque marche. Pour le reste, elle se souvenait seulement d'avoir ouvert la porte, vu les cadavres, avant de perdre la notion de la réalité sous un terrible choc, qui lui donna l'impression que sa tête s'enfonçait dans ses épaules.

Ce fut l'inspecteur Bliss qui, dans le bureau de Boyland, fit remarquer que le lieutenant de Duncan — sur qui les révélations de Pollard à son chef cristallisaient l'attention des enquêteurs — se prénommait Peter. Il y eut un court silence, puis le Superintendant dit doucement :

— Je vous remercie, Bliss. C'est moi qui mènerai la descente au *Palmier d'Hawaï*, cette nuit...

Sam Bloom faisait mélancoliquement ses

31

comptes lorsque Peter Dewitt entra au *New Fashionable*. Sam n'aimait pas Peter qu'il craignait. Néanmoins, il se força à sourire pour souhaiter la bienvenue au lieutenant de Duncan.

— Salut, Peter !

L'autre le regarda de ses yeux froids de tueur et le patron de l'hôtel sentit un frisson lui parcourir la colonne vertébrale.

— Mr. Dewitt, Bloom, ne l'oubliez pas.

— D'a... d'accord, Mr. Dewitt.

— Nous ne sommes pas très contents de vous, Sam, Jack et moi.

— Ce... ce n'est pas possible, Mr. Dewitt !

— Insinueriez-vous que nous mentons, Sam ?

— Non ! Oh ! non, Mr. Dewitt !

— Qu'est-ce que c'est que ce type qui loge chez vous, un nommé Carvil ?

— Carvil ? Un drogué qui est en période de manque !

— Et à qui vous étiez prêt à fournir ce qu'il désirait ?

— Avec toutes les précautions d'usage, Mr. Dewitt.

Le poing de Peter atteignit Sam sur le nez et le lui brisa. Aveuglé par les larmes, affolé par la souffrance, Bloom suffoquait. Avant qu'il ne s'écroule, Dewitt l'empoigna par le plastron de sa chemise qui craqua sous la main du tueur et, approchant sa figure du visage tuméfié du patron, il lâcha :

— Savez-vous le vrai nom de ce Carvil ?

— Non.

— Pollard ! Inspecteur Geoffrey Pollard !

— Sei... Seigneur !

Peter abandonna Sam qui se cramponna au bureau. La peur de la police dépassait sa douleur.

— Qu'est-ce... qu'il cherchait chez... chez moi ?

— Vous ne vous en doutez pas un peu ?

— Mais il a passé la nuit dernière en prison !

Dewitt le contempla avec mépris et haussant les épaules :

— Imbécile !... Vous ne lui avez donné aucune indication, même banale, susceptible de le mener jusqu'à nous ?

— Je vous jure que non !

— Je l'espère pour vous, **Sam**.

— Qu'est-ce que je dois faire, Mr. Dewitt, quand ce salaud reviendra ?

— Il ne reviendra pas.

Bloom eut du mal à avaler sa salive.

— Ah ?...

— Pendant que j'y pense, la jeune Janet Bunhill ne reviendra pas non plus. Encore une erreur de ce genre, Bloom, et c'est vous qui n'irez plus nulle part. Salut !

Peu après le départ de Peter, Edmund, sans mot dire, déposa sur le bureau et sous les yeux de son patron, un journal du soir où s'étalaient les photos de Pollard et de miss Bunhill. Sam comprit que Peter ne l'avait pas bluffé et, dégoûté, il monta se coucher, une bouteille de whisky sous le bras.

Vers 8 heures du soir, on prévint Boyland qu'un certain docteur Adamfith désirait voir le policier chargé de l'enquête sur le meurtre de Pollard et de miss Bunhill. Le Superintendant ordonna de lui amener le médecin.

Adamfith raconta à Boyland la visite que lui avait faite l'inspecteur Pollard dans l'après-midi, à la suite de miss Bunhill dont il avait pu donner et le nom et l'adresse au policier. Maintenant, il le regrettait vu ce qui était arrivé. Le Superintendant le rassura :

— Pollard est tombé dans l'exercice de son métier, docteur... Nous le regrettons tous, car c'était un garçon de valeur. Vous n'avez pas à vous adresser le moindre reproche, au contraire. Grâce à vous, nous allons peut-être mettre la main très rapidement sur son meurtrier.

— J'en serais heureux, car votre inspecteur m'a

33

été très sympathique et je lui avais promis de l'aider pour tout ce qui serait en mon pouvoir.

— Je vous remercie, docteur, et cette aide, c'est à nous désormais que je vous demande de l'apporter. Vous soignez particulièrement les drogués ?

— Pas particulièrement, mais on n'ignore pas dans Soho que, le cas échéant, je les soigne avec... discrétion...

— Pourquoi ?

Adamfith parla de sa fille et Boyland comprit l'espèce d'apostolat auquel se dévouait le médecin.

— Je vous remercie de votre confiance, docteur. Cependant, il vous faut comprendre qu'au Yard, nous ne pouvons pas envisager les choses sous le même angle que vous. Ce que nous voulons, nous, c'est arrêter les trafiquants qui sont parmi les plus abjects criminels que je connaisse !

— Je comprends, mais, de votre côté, acceptez que le sort des malades se confiant à moi, m'importe plus encore que le châtiment des responsables de leur misère ?

— Sans doute, mais je vous supplie d'admettre qu'éliminer ces crapules, c'est aussi venir au secours de vos malades et surtout protéger ceux qui risquent de devenir de nouvelles victimes de la drogue ? Alors, si d'aventure, vous pouviez obtenir un renseignement susceptible de nous mettre sur une piste, n'hésitez pas à nous prévenir, et je ne pense pas qu'en vous demandant cela, je vous incite à trahir votre devoir ?

Adamfith hésita un instant avant de répondre :

— Je ne le pense pas non plus.

Patricia Potter, vêtue d'une stricte robe noire, largement décolletée, un clip de diamant sur l'épaule gauche, chantait *La Vie en rose* lorsque Tom, le portier du *Palmier d'Hawaï*, téléphona à Duncan pour lui annoncer qu'il lui semblait comprendre, à la soudaine agitation régnant aux alentours du cabaret, que la descente de police s'annonçait imminente.

— Merci, Tom. Pas de drogués dans la maison ?

— Je ne crois vraiment pas, patron. J'en ai refoulé une vingtaine... S'il s'en est glissé quelques-uns, c'est qu'ils ne présentent pas de signes susceptibles de les faire repérer par les flics.

— O.K., Tom. Du sang-froid, hein ?

— Comptez sur moi, patron.

Jack reposa l'appareil et dit tranquillement à Peter :

— Les flics.

— Ils sont là ?

— Ils arrivent.

Dewitt se leva.

— Je descends les recevoir.

— Le tueur arriva dans la salle au moment où Boyland, ayant brutalement écarté Tom qui feignait de vouloir l'empêcher d'entrer, pénétrait au cabaret, Bliss et Martin sur les talons, tandis qu'une douzaine de policemen appliquant les directives reçues avant le départ, occupaient toutes les issues. Cette irruption créa une certaine confusion parmi les clients, mais le Superintendant, ayant surpris le sourire du barman, comprit que son arrivée était attendue et qu'il se retirerait bredouille. Une rapide inspection des visages des habitués ou des visiteurs de passage lui apprit qu'il n'y avait point de drogué gravement atteint parmi eux. Tout cela sentait le coup fourré. Laissant à ses sous-ordres le soin de vérifier les papiers de ceux qui écoutaient Patricia Potter, le Superintendant monta dans le bureau de Duncan qui le reçut avec une courtoisie ironique.

— On vient seulement de me prévenir de votre arrivée, Superintendant, sans ça je vous aurais reçu moi-même.

Boyland détestait ce genre de persiflage.

35

— Ça suffit, Duncan !

— Quelque chose qui ne va pas, Superintendant ?

— Ne me prenez pas pour un idiot ! Vous et moi savons que vous êtes le plus gros distributeur de drogue de Soho.

Duncan ne se troubla pas.

— Vous avez de la chance qu'il n'y ait pas de témoins, Super, sinon votre affirmation me rapporterait une jolie somme à titre de dommages et intérêts.

— Je pense qu'un jour, elle vous rapportera un certain nombre d'années de prison !

— Je ne le crois pas.

— A moins qu'elle ne vous mène au gibet !

— Pour trafic de drogue ?

— Pour meurtre sur la personne de l'inspecteur Pollard !

— Première nouvelle !

— Vous avez tort de vous ficher de moi, Duncan. L'heure viendra où je vous le ferai payer cher, très cher.

— J'ai l'impression que vous prenez vos désirs pour des réalités, Mr. Boyland. Puis-je vous demander la raison de votre visite ?

— La drogue.

— Alors, fouillez partout et autant qu'il vous plaira. J'espère qu'après cette perquisition, vous reviendrez de vos préventions à mon égard.

— Fichez-moi le camp, Duncan, et vite !

— Puis-je vous rappeler que je suis chez moi ?

— Vous le pouvez et après ?

— Rien... Je vous cède la place.

— Et envoyez-moi miss Potter.

Duncan accusa le coup.

— Que lui voulez-vous ?

— Ça ne vous regarde pas.

— Ah ! pardon, permettez !

— Non.

Jack se cabra, mais le visage de Boyland l'incita

36

à obéir. Toutefois, il crut bon d'ajouter pour calmer son amour-propre :

— J'obéis, Super, puisque vous êtes la Loi, mais je vous conseille vivement de...

— Je ne reçois pas de conseils d'un voyou, Duncan !

La sueur perla sur le front blême du patron du *Palmier d'Hawaï*. A force de les serrer l'une contre l'autre, ses mâchoires lui faisaient mal. Il réussit à dire :

— Vous aimeriez que je me jette sur vous, n'est-ce pas ?

— J'aimerais beaucoup, en effet.

— Pour me coller en tôle ?

— Non... pour vous tuer, Duncan... Voyez-vous, je connais des prises qui ne pardonnent pas.

Jack sortit sans répondre.

Le Superintendant Boyland ne connaissait Patricia Potter que d'après quelques photographies banales. Quand elle se présenta devant lui, il la trouva non seulement très belle, mais encore assez distinguée d'allure, distinction se retrouvait et dans le timbre de la voix et dans le vocabulaire employé par la jeune femme.

— Vous avez demandé à me voir, sir ?

— Miss Potter, comment se porte votre oncle ?

Elle ne s'attendait sûrement pas à cette question et en demeura désemparée. Machinalement, elle prononça :

— Mon oncle ?

— Cette bonne vieille fripouille de Sam Bloom ?

Elle rougit et, fort embarrassée :

— A vrai dire, Sam n'est pas mon oncle...

— Vous me surprenez ?

Mais le ton du policier marquait beaucoup plus l'ironie que la surprise. Patricia s'en rendit parfaitement compte.

— Sam a été très gentil avec moi quand je suis arrivée à Londres et c'est pourquoi j'ai pris l'habi-

37

tude de l'appeler mon oncle... C'est stupide, évidemment.

— Stupide, ce ne serait rien, miss, mais c'est faux.

— Mais, sir...

— Cessons de jouer, miss Potter. D'où arriviez-vous quand vous mettiez le pied à Londres pour la première fois ?

— D'un petit pays près de Welshpool... Je suis Galloise, mes parents étaient des fermiers.

— Et rester à la campagne ou épouser un paysan ne vous disait rien ?

— Non.

— Dommage... Quel âge avez-vous, miss Potter ?

— Vingt-trois ans.

— J'en ai vingt-cinq de plus que vous, cela me permet de vous dire que, pour votre avenir, vous eussiez été mieux inspirée d'épouser un simple valet de ferme que de vivre avec ce Duncan qui, au mieux, finira ses jours en prison.

Loin de réagir comme le Super s'y attendait, miss Potter baissa la tête et chuchota :

— Je l'ai compris depuis quelques heures seulement.

— Pourquoi depuis quelques heures ? Parlez, miss Potter, je vous en prie ! Vous pouvez nous aider dans notre tâche !

En réponse, elle murmura :

— Je ne sais rien, sir... rien... et je ne veux pas mourir.

— Mais...

Patricia porta vivement le doigt sur ses lèvres closes et de la tête montra la porte à Boyland qui y fut d'un bond et l'ouvrit brutalement. Peter Dewitt, qui écoutait, manqua de s'étaler au milieu de la pièce. Très froid, le Super se tourna vers la jeune femme :

— Je suis surpris que le ménage soit aussi mal fait et que, dans un établissement de cette classe, on trouve des ordures derrière les portes.

38

Furieux, Dewitt s'avança sur le policier :

— Dites donc, vous...

Ce fut bien plus la surprise que la douleur qui stoppa Peter que Boyland venait de gifler à toute volée.

— Je n'admets pas qu'on me parle sur ce ton !

Et sans plus se soucier de Dewitt, il lui tourna le dos :

— Au revoir, miss Potter... et ce n'est pas là une simple formule de politesse.

Patricia partie, le Superintendant prit son chapeau et, à son tour, se dirigea vers la porte. Dewitt cria presque :

— Alors, moi ? Vous ne m'interrogez pas ?

Le policier le regarda.

— Pourquoi perdre mon temps ?

— Mais...

— Je sais parfaitement que vous avez tué l'inspecteur Geoffrey Pollard et que, pour cela, vous serez pendu. Ce n'est qu'une question de temps. Je n'ignore pas non plus que vous avez assassiné miss Bunhill... Plus qu'il n'en faut, vous vous en rendez compte, n'est-ce pas, pour qu'un matin, le bourreau vous mette le capuchon noir sur la tête avant de vous passer le nœud coulant.... Profitez bien des jours qui vous restent, Dewitt.

Inquiet, le tueur protesta :

— Vous n'avez pas de preuve !

— Vous auriez dû abattre la logeuse de miss Bunhill, Dewitt. Ce fut une erreur et irréparable, car s'il arrivait quelque chose à cette femme, vous signeriez votre propre condamnation à mort. A bientôt.

Sans le savoir, le Superintendant Boyland, par cette dernière remarque touchant la bonne femme de St. Anns Road, avait sauvé la vie de Sam Bloom, que déjà Peter soupçonnait de l'avoir vendu.

Naturellement, en dépit d'une perquisition menée sans aucun ménagement, la police ne trouva pas de trace de drogue au *Palmier d'Hawaï*. Trois mois durant, une surveillance étroite fut exercée autour de la boîte de nuit et puis, les effectifs du Yard ne pouvant se permettre de consacrer trop d'hommes à une affaire dont nul n'entrevoyait l'issue, bon gré mal gré, il fallut relâcher l'étreinte. Au bout de quatre mois, il apparut évident que Duncan et Dewitt, conscients du danger, exploitaient normalement leurs fonds ou bien qu'ils s'avéraient beaucoup plus forts que ceux chargés de les coincer, car la drogue continuait à s'écouler dans Soho sur le même rythme qu'avant. Enfin, le jour vint où Boyland convoqua les inspecteurs Bliss et Martin dans son bureau :

— Navré pour vous et pour moi, mais j'ai reçu l'ordre de laisser tranquilles Duncan et Dewitt.

Le plus violent, Bliss s'emporta :

— Alors, ces salauds-là s'en tirent ?

Le Superintendant haussa les épaules.

— Au-dessus de nous, on a jugé que nous perdions notre temps.

Rageur, Bliss remarqua :

— S'il n'y avait pas la femme et les gosses, je démissionnerais !

— Allons, Bliss, ne soyez pas amer... Nous devons obéir. Je sais, ce n'est pas toujours gai, cela peut même nous paraître injuste, mais les ordres sont les ordres et, en entrant dans ce métier, nous nous sommes engagés à les respecter. On estime que nous perdons notre temps en nous attachant à Duncan et à Dewitt...

Le paisible Martin se contenta de dire :

— Ainsi, Pollard sera mort pour rien.

Boyland ne répondit pas parce qu'il n'y avait rien à répondre.

CHAPITRE II

A la gare de St. Pancrace, John Armitage, chauffeur de taxi, se morfondait. Il lui incombait de rester là en stationnement, surveillé par les agents de sa Compagnie, alors qu'il se faisait un sang d'encre à propos de Madge, sa femme, sur le point d'accoucher pour la quatrième fois. Les trois premières naissances s'étant passées le mieux du monde, il n'y avait aucune raison pour qu'il n'en fût pas de même ce coup-ci, c'est du moins ce qu'avait affirmé le médecin, mais John était d'un tempérament émotif et puis, il aimait bien Madge. Son humeur pessimiste le poussait à envisager l'avenir au cas où Madge... Une sueur froide lui coulait le long de la colonne vertébrale à cette hypothèse, mais c'était plus fort que lui, il ne pouvait pas s'empêcher de prévoir sans cesse des catastrophes. A l'hôpital, ces gentlemen qui connaissent bien leur affaire, estimaient qu'un autre petit ou une petite Armitage n'avait guère de chance d'arriver dans notre vallée de larmes avant le milieu de la nuit ou au petit matin. Sept heures sonnaient, arrachant John à son cafard pour l'y replonger d'ailleurs aussitôt, car il lui semblait que la véritable agonie qu'il vivait n'en finirait jamais. Il

41

songea un moment à abandonner sa voiture et à se précipiter dans le premier pub rencontré pour téléphoner au service de la maternité, mais à deux reprises depuis trois heures, il s'était entendu rabrouer sévèrement et il n'osait pas importuner de nouveau des gens qui avaient du travail par-dessus la tête.

A ce moment, un remue-ménage se produisit aux sorties de la station, et John se dit que le train d'Ecosse devait entrer en gare. Bientôt, les premiers voyageurs se montrèrent et, tout de suite, Armitage remarqua parmi eux un colosse en kilt, à l'air quelque peu ahuri et qui portait deux valises d'une taille hors du commun. Le chauffeur estima qu'on avait dû les fabriquer sur commande. Oubliant Madge pour un instant, il s'amusa à observer l'Ecossais qui paraissait complètement perdu. Il pensa qu'en dépit de sa nature, c'était là une jolie proie pour toute la racaille qui vit de la naïveté de types mettant les pieds à Londres pour la première fois. William Walnoth, un autre chauffeur, se pencha hors de son siège pour crier à Armitage :

— Oh ! John, pigez un peu le garçonnet là-bas que sa maman a laissé sortir ! Sûr qu'il va faire de mauvaises rencontres !

Comme pour confirmer les dires du chauffeur, deux de ces voyous, qui traînent dans les gares dans l'espoir de voler une valise, s'approchaient du géant écossais, l'entouraient et, mettant chacun une main sur la poignée des deux bagages, enta-maient un discours ayant vraisemblablement pour but d'engager le bon péquenot à leur accorder sa confiance. Armitage en fut écœuré.

— On les laisse tranquilles, William, ou on s'en mêle ?

En réponse, l'interpellé montra du pouce un policeman qui, caché derrière un pilier, se tenait prêt à intervenir. Il n'en eut d'ailleurs pas besoin car le grand type se fâcha soudain. L'écho du juron

42

qu'il poussa parvint jusqu'aux taxis en même temps que les deux gouapes, simultanément propulsées, s'en allaient s'aplatir à deux ou trois mètres de leur victime récalcitrante. Jeunes encore, les voyous se laissant emporter par leur amour-propre et d'un même élan, se lancèrent sur l'Ecossais. Le policeman jaillit de derrière son pilier, mais si vite qu'il courut, il arriva quand même trop tard. Le plus grand des agresseurs, cueilli par une droite, s'écroulait foudroyé, tandis que le plus petit, empoigné par la taille, filait s'aplatir sur son copain incapable de réagir. Admiratif, le policeman ne put s'empêcher de constater :

— Du beau travail, sir.

Le colosse haussa les épaules.

— Chez nous, à Tomintoul, on n'en rencontre pas d'aussi petits que ça !

Tout en surveillant les deux victimes du coin de l'œil, l'agent s'enquit :

— Est-ce que vous portez plainte, sir ?

L'Ecossais eut l'air étonné.

— Porter plainte, moi ? Et contre qui ?

— Mais contre ces deux-là.

L'homme au kilt eut un bon rire.

— Vous imaginez qu'à Tomintoul, on sache que j'ai porté plainte contre deux mauviettes de cette espèce ! On se ficherait de moi jusqu'à Inverness ! Non, ça serait plutôt à eux de porter plainte contre moi ! On serait à Tomintoul, mon vieux, je vous paierais un whisky chez mon copain Angus, mais on n'est pas à Tomintoul, hein ?

— Non, sir, nous ne sommes pas à Tomintoul.

Et avec un soupir de regret où passait toute la mélancolie d'un Londonien qui doit se contenter de cinq mètres carrés d'herbe clairsemée devant sa porte pour matérialiser ses rêves campagnards, le policeman s'en fut remettre sur leurs jambes les deux chenapans si joliment corrigés.

Sportif comme tout Britannique qui se respecte,

43

John Armitage ne pensait plus du tout à sa Madge tant l'enthousiasmait la manière dont l'Ecossais s'était débarrassé de ses agresseurs.

— Qu'est-ce que vous en pensez, William ?

— Un beau première ligne pour les avants de la Rose [1] !

— Ouais... seulement, c'est un porteur de chardon [2]...

— Dommage... Attention, John, il vient vers nous... S'il vous choisit, mon garçon, je vous conseille de ne pas tricher sur le compteur, il serait capable de mettre votre tacot en pièces détachées et de vous obliger à les avaler !

Après une légère hésitation, l'Ecossais se dirigeait vers le taxi d'Armitage.

— Hello ! Vous connaissez Soho ?

John s'attendait à tout sauf à cette question. Sur le moment, il en demeura interloqué. Un peu comme si on lui demandait s'il savait qui portait la couronne de Grande-Bretagne. D'abord, il crut que l'autre se moquait de lui et le regarda d'un œil torve. Fallait tout de même pas que ce gars des Highlands se figurât qu'on pouvait mettre en boîte des Londonniens pur sang ! Et puis, il comprit que le voyageur était sincère et il sourit, narquois :

— Un peu... Pourquoi ?

— On m'a raconté que c'était là qu'on s'amusait... C'est mon ami, Hugues McGowan... Il est venu à Londres, il y a dix ans...

— Ecoutez, sir, vous montez ou vous ne montez pas ? Mon compteur ne tourne pas pendant que je cause, hein ? et il faut que je gagne ma vie. Vous désirez aller à Soho ? D'accord, je vous mène à Soho. Ça va ?

— Ça va.

— Alors, passez-moi vos valises.

(1) L'équipe de rugby d'Angleterre.
(2) L'équipe de rugby d'Ecosse.

— Je préfère les garder avec moi.

— Pas tellement confiance, hein ? Installez-vous et on part.

— Dites, combien ça me coûtera ?

— Pourquoi ?

— Pour aller à Soho ?

— Je n'en sais rien. Vous regarderez le compteur. Le prix sera marqué dessus !

Le colosse n'eut pas l'air autrement convaincu.

— Et elle marche bien cette mécanique ?

— Et pour quelles raisons ne marcherait-elle pas ?

— Je ne sais pas, mais je préférerais qu'on décide ensemble le prix de la course. C'est comme ça qu'on fait à Tomintoul.

John n'était pas d'un naturel particulièrement patient.

— On n'est pas à Tomintoul, bon sang ! On est à Londres, et à Londres, les taxis marchent au compteur, vu ?

— Eh bien, franchement ça ne me plaît pas !

— Alors, vous n'avez qu'à vous rendre à Soho à pied !

— Pourquoi avez-vous si mauvais caractère ? Vous êtes tous comme ça par ici ?

De rage, Armitage aurait mordu son volant, et ce qui l'exaspérait plus que tout, c'était de voir son collègue Walnoth qui riait de toutes ses dents.

— On s'en va, oui ou non ?

— D'accord, on s'en va. Qu'est-ce que vous avez donc à être si pressé ? Chez nous, à Tomintoul, on...

— Cessez de parler de ce patelin, sir ! Je ne connais pas Tomintoul et je me fiche de Tomintoul, tonnerre de Dieu !

Coincé entre ses deux valises le protégeant — comme une tranche de jambon entre deux morceaux de pain — contre n'importe quel choc, l'Écossais se laissa aller sur la banquette tout en grommelant :

45

— Je ne vois vraiment pas ce que vous avez contre Tomintoul.

Armitage démarra avec une telle brusquerie que sa voiture exécuta un véritable bond en avant, ce qui suggéra cette réflexion à William Walnoth :

— John, mon garçon, auriez-vous l'intention de participer au Grand Steeple de Liverpool avec votre bagnole ?

Armitage préféra ne pas répondre, car il détestait la vulgarité, et il sentait qu'il se montrerait vulgaire. Peu à peu, les nerfs de John se détendirent. Il reconnut qu'il avait tort de s'emporter pour des choses qui n'en valaient vraiment pas la peine et, du coup, il éprouva du remords pour la manière dont il avait accueilli ce bon gars qu'il transportait. Gentiment, histoire d'obtenir son pardon, il s'enquit :

— Ça va, sir ?

— Ouais... Dites donc, mon vieux, c'est une rudement grande ville, hein ?

La naïveté de ce type avait quelque chose d'émouvant.

— Une très grande ville, sir...

Et, subitement, John songea que Madge était perdue dans cette grande ville, au milieu de ses millions d'habitants dont elle s'apprêtait à augmenter le nombre d'au moins une unité, et il fut repris par ses angoisses dont il lui fallait parler à quelqu'un pour tenter de se rassurer.

— Vous ne devez pas m'en vouloir, sir, si je suis un peu nerveux, mais... j'attends un bébé... Enfin, je veux dire, ma femme, naturellement...

— Félicitations, mon vieux !

— Merci... C'est un dur moment à passer, sûr.

— Vraiment ?

— Vous n'avez pas d'enfants, sir ?

— Ni femme, ni enfant.

— Dans un sens, c'est bien, à cause des soucis, mais, dans un autre sens, c'est un peu triste, non ?

— Je ne suis jamais triste, mon vieux !

— Sans blague ? Et comment vous y prenez-vous ?

— Quand je devine que je risque de devenir triste, je me soûle, je dors, et quand je me réveille je suis de nouveau de bonne humeur. Vous voulez un garçon ou une fille, mon vieux ?

— Un garçon. Nous avons déjà trois filles.

— Eh bien rassurez-vous : ce sera un garçon.

— Qu'est-ce qui vous fait croire ?

— Chez nous, à Tomintoul, on vous dira qu'il n'y a que Malcolm McNamara pour annoncer, quand il examine une brebis pleine, si elle mettra bas plus de mâles que de femelles.

Armitage ne répondit pas, car il n'était pas sûr que ce type n'était pas en train de manquer de respect à sa Madge en la comparant à une brebis. Il se contenta de soupirer :

— Que le ciel vous entende !

— Vous en faites pas, mon vieux, on va s'arranger pour ça !

John ne comprit pas très bien le sens de cette réflexion. Il devait comprendre quelques minutes plus tard lorsque, dans New Oxford Street, il faillit avoir le premier accident grave de son existence de chauffeur. Il conduisait donc, attentif au trafic intense de cette fin de journée, lorsque éclata dans son dos, à quelques pouces de ses oreilles, les accents puissants et nasillards d'un bag-pipe jouant *Back o'Benachie*. L'incompréhension autant qu'une surprise mêlée d'effroi fit lâcher son volant à John. Il n'eut que le temps de le rattraper avant de percuter un bus, se fit injurier par le conducteur, repartit sur la droite, manqua écraser un cycliste, revint précipitamment à gauche et rata un triporteur d'un cheveu. Un concert de hurlements, de vociférations, d'injures salua ces étonnantes prouesses, et Armitage, les yeux fous, le visage ruisselant de sueur, fut presque reconnaissant au policeman qui, n'ap-

47

préciant sans doute guère ce gymkana, d'un coup de sifflet strident le sommait de s'arrêter. Pendant ce temps, imperturbable, l'Ecossais continuait à souffler dans son bag-pipe, avec un entrain que la virtuosité de son chauffeur ne troublait en rien.

Le policeman s'approcha, l'air pas tellement aimable.

— Et alors ? Ça ne va pas ? Vous êtes ivre ou quoi ?

D'un geste résigné, par-dessus son épaule droite, John, du pouce, indiqua son client. L'agent de police s'adressant au bag-piper dut hurler.

— Ça ne vous ferait rien de vous arrêter ?

McNamara s'interrompit pour demander, surpris :

— Vous n'aimez pas ma manière de jouer ? Pourtant, chez nous, à Tomintoul...

Armitage eut une sorte de sanglot et marmonna :

— Je n'en peux plus... Qu'il descende !... Faites-le descendre, je vous en prie, faites-le descendre !

Le policeman n'y comprenait strictement rien et il s'énerva.

— Enfin, vous allez vous décider à me raconter ce qu'il se passe ?

La voix hachée de râles, Armitage expliqua qu'il conduisait paisiblement, lorsque cette musique sauvage lui avait éclaté aux oreilles et que, sous le coup de l'émotion, il avait failli se flanquer contre un bus. L'agent l'examina d'un œil soupçonneux.

— Plus de très bons réflexes, hein ? Faudra vous faire examiner, mon garçon... Quant à vous, sir, puis-je vous demander pour quelles raisons vous jouez du bag-pipe dans un taxi ?

— En l'honneur de son futur baby.

La chance de John voulut que le policeman venait juste d'être papa et qu'il se sentait encore auréolé de cette gloire nouvelle. Quand il sut

48

que Madge était sur le point d'accoucher, un élan fraternel le poussa vers le chauffeur.

— D'accord, c'est un moment difficile à passer. Devez maîtriser vos nerfs, mon garçon. Quant à vous, sir, attendez d'être chez vous pour continuer votre concert. Tout le monde s'en trouvera mieux.

Armitage n'avait plus qu'une hâte : déposer l'Ecossais dans le premier hôtel rencontré et se sauver. Il descendit Charing Cross, se glissa dans Old Compton Street et s'arrêta devant le *Chesnut Hotel*. Il se tourna vers l'Ecossais :

— Ça y est... Vous pouvez descendre. Vous êtes à Soho. Mais... où est votre machin, enfin, votre bag-pipe ?

— Dans ma valise, mon vieux...

Alors, Armitage comprit pourquoi son client possédait des bagages d'un volume impressionnant, et il se dit que si tous, à Tomintoul, ressemblaient à McNamara, l'existence ne devait pas y manquer d'imprévu. Sur le trottoir, Malcolm contemplait la façade de l'hôtel sans s'énerver.

— C'est pour aujourd'hui ou pour demain ?

— Attendez-moi, mon vieux.. Faut que je me rende compte.

D'un pas décidé, il entra. Le gérant sursauta à la vue du colosse qui lui souriait.

— Vous auriez une chambre ?

— Vous.. vous êtes sûr qu'une seule vous suffira ?

— Je ne saisis pas ?

— Excusez-moi. Oui, nous avons encore une chambre à un lit et cabinet de toilette. Une livre dix par jour, breakfast compris, naturellement.

— Vous dites bien une livre dix seulement pour passer la nuit et prendre le breakfast ?

— Exactement.

— Dieu me bénisse ! A Tomintoul, avec une livre dix on se nourrit toute une semaine.

— On y a bien de la chance. Mais nous sommes à Londres, sir.

49

Sans répliquer, McNamara tourna les talons, regagna le taxi et s'adressa à Armitage :

— Dites donc, mon vieux, vous me prenez pour un milliardaire ? Une livre dix ! On gagne facilement son argent, à Londres, hein ?

Le chauffeur gémit :

— Pas moi, en tout cas !

Ils repartirent un peu à l'aventure et dans Lexington Street, John estima que l'aspect un tantinet miteux du *Elmwood Hotel* laissait supposer des prix plus acceptables pour son client. A la réception, on demanda une livre deux pour une chambre et breakfast. L'Ecossais n'insista pas et John crut tout de bon qu'il ne se débarrasserait plus jamais de son encombrant client. Rageur, il fonça, se souvenant d'un hôtel minable de Warwick Street qui s'intitulait fièrement le *New Fashionable*. S'il avait été neuf — comme le voulait la logique des choses — c'était il y a si longtemps que personne dans le quartier ne s'en souvenait. Un tapis plein de trous couvrait le plancher crasseux de la minuscule réception où un bonhomme, ressemblant à une limace, semblait guetter des proies faciles derrière son bureau. Sans attendre la décision de l'Ecossais, Armitage empoigna les deux valises et les traîna plus qu'il ne les porta, tout en affirmant :

— J'espère que ça fera votre affaire parce que vous ne trouverez pas meilleur marché dans tout Londres !

Puis il regagna le siège de son taxi. Lorsqu'il sut qu'il pouvait avoir une chambre pour dix-huit shillings, McNamara se déclara satisfait et commenta avec un fin sourire :

— Les autres, ils ont voulu m'avoir, mais il faut se lever tôt pour posséder un gars de Tomintoul !

Le patron, incrédule, se fit préciser :

— C'est en Grande-Bretagne ce patelin ?

50

— En Ecosse, mon vieux, dans le comté de Banff.

— Et qu'est-ce qu'on y fait ?

— On y élève des moutons, mon vieux. Moi, j'en ai près de huit cents ! Mon troupeau vient tout de suite après celui de Keith McIntosh.

John Armitage interrompit ces confidences en lançant du seuil :

— Vous me réglez, oui, que je m'en aille ?

L'Ecossais se mit à rire.

— Et on raconte que c'est nous qui aimons l'argent ! Je vois qu'à Londres, c'est la même chose, hein ?

Le chauffeur préféra ne pas répondre. L'Ecossais le rejoignit sur le trottoir.

— Combien ça fait ?

— Une livre huit.

— Quoi ?

— Une livre huit ! C'est marqué sur le compteur.

— Ecoutez, mon vieux, une livre d'accord ?

Armitage ferma les yeux pour se recommander à saint George afin qu'il lui évite de prendre un coup de sang.

— Sir, je suis obligé de vous demander le prix qui est inscrit au compteur, sinon, c'est moi qui serai obligé de payer la différence.

— Et naturellement, vous ne voulez pas ?

John écrasa un juron entre ses lèvres.

— Vous avez deviné, sir, je ne veux pas.

— Pourtant, avec une livre, vous y trouveriez encore votre bénéfice, à mon idée.

Sam Bloom, le propriétaire du *New Fashionable*, s'était extirpé de derrière son bureau pour venir assister à la discussion. Il arriva juste pour voir le chauffeur jeter sa casquette à terre et la piétiner rageusement avant de retrouver son sang-froid, de se recoiffer et de déclarer :

— Je n'ai pas fait de service militaire. J'ai été réformé. Paraît que j'ai le cœur pas telle-

51

ment costaud. Je ne voudrais pas mourir avant d'avoir vu mon nouveau baby et lui avoir donné la bénédiction de son vieux père. Vous me comprenez, sir ? Alors, payez-moi et je m'en vais.

— Si vous me prenez par les sentiments...

McNamara sortit un gros porte-monnaie noir à fermeture de cuivre et s'y prit à deux fois pour compter la somme demandée dans la main d'Armitage.

— C'est quand même bougrement cher... Voilà, mon vieux, et embrassez le baby pour moi.

— Pardon, sir, mais mon pourboire ?

— Vous estimez qu'une livre huit, c'est pas suffisant ?

— Cet argent, c'est pour mon patron... Mais pour moi ?

On commençait à s'attrouper autour d'eux.

— A Tomintoul, personne ne réclame jamais de pourboire.

En dépit de ses efforts pour se maîtriser, John se laissa encore une fois emporter par son exaspération.

— Mais par les tripes du diable, on s'en fout de Tomintoul, vous entendez ? Nous n'y sommes pas à Tomintoul ! Nous sommes à Londres ! à Londres capitale du Royaume-Uni ! Vous saisissez ? et à Londres, on donne un pourboire au chauffeur !

Un clergyman vint mettre son nez dans l'affaire et s'adressa à John :

— Mon garçon, il est honteux de jurer comme vous venez de le faire ! Songez au mauvais exemple que vous offrez !

Amitage n'était plus d'humeur à écouter la voix de la sagesse.

— Vous, le pasteur, allez vous faire voir ailleurs !

— Oh !... espèce de voyou ! athée ! sans Dieu !

— Vous ne voudriez pas, des fois, que je vous flanque mon poing sur le nez ?

52

— Essayez donc de me toucher et je vous traîne devant les tribunaux !

Un Darbyste [1] que la dispute attirait, crut bon d'implorer le Ciel.

— Il est temps que le Christ revienne pour remettre de l'ordre dans ce monde en folie ! Il va venir, frères ! Il est là ! Il arrive ! Et ce sera la ruine de votre Eglise d'imposteur ! John Darby l'a annoncé !

Le clergyman tourna sa colère contre lui.

— Vous, vous êtes un hérétique ! Vous n'avez pas honte de prendre la parole en public ?

— C'est vous qui êtes dans l'erreur, et vous êtes dans l'erreur parce que vous n'êtes pas comme nous dans l'amitié du Seigneur !

— Et mon pourboire ?

Une marchande des quatre-saisons qui avait embrassé la religion unitarienne [2] se mêla à la bataille.

— Voyez à quoi ça mène leurs contes bleus d'un Dieu en trois personnes ! Dieu est seul, Dieu est Unique et Sa droite vous réduira en poussière !

Du coup, le clergyman et le Darbyste s'unirent contre l'Unitarienne.

— Déguerpissez, espèce de folle ! suppôt de l'enfer !

Sam Bloom était rentré dans son hôtel en compagnie de son client. Quant à Armitage, hébété, il ne comprenait pas comment le fait d'avoir réclamé ce qu'il tenait pour son dû avait pu déclencher une controverse théologique. Une femme de l'Armée du Salut s'approcha de lui.

— Mon frère, pensez à ceux qui ont faim, à ceux qui ont froid... Donner aux malheureux, c'est s'ouvrir le cœur au Seigneur...

Sans même penser à ce qu'il faisait, John donna deux shillings à la militante qui le remercia et s'en

---

(1) Secte qui croit au retour imminent du Christ.

(2) Secte qui refuse le dogme de la Trinité.

fut. L'apparition d'un policeman dissipa les colères métaphysiques, et chacun tira de son côté. Seul, Armitage demeurait sur le trottoir, regardant sa main ouverte où il n'y avait plus qu'une livre six... et le cerveau bloqué il se demandait vainement pour quelles raisons, non seulement il n'avait pas touché de pourboire, mais encore il en était de sa poche. Le policeman l'interpella :

— Vous attendez quelqu'un ?

— Non.

— Alors, dégagez !

— D'accord, je dégage, mais je vais vous dire une bonne chose : on a rudement bien fait de couper le cou à Marie Stuart ! et c'est bien dommage qu'on n'ait pas infligé le même sort à tous les Ecossais !

Malcolm McNamara confiait à Sam Bloom ses déboires depuis qu'il avait débarqué à Saint-Pancrace. D'abord les deux voyous, puis ce chauffeur à moitié fou et qui avait manqué provoquer un accident parce qu'il lui jouait *Black o'Benachie* sur son bag-pipe en l'honneur de son futur baby.

— Parce que vous vous baladez avec votre bag-pipe ?

— Toujours ! A Tomintoul, on dit : Malcolm sans son bag-pipe, c'est comme un amputé sans sa jambe artificielle, il ne vaut plus rien.

— Où l'avez-vous mis ?

— Dans ma valise.

— Dans votre... ?

Afin de prouver ses dires, McNamara ouvrit un de ses gigantesques bagages et en sortit son bag-pipe qu'il présenta triomphalement à Sam, en même temps qu'une bouteille de whisky.

— Et si on en buvait un coup, mon vieux, pour lier connaissance ?

— Volontiers, mais je n'ai pas de verre.

— Aucune importance, vous n'avez qu'à m'imiter.

54

Ce disant, l'Ecossais porta le goulot du flacon à ses lèvres et vida un tiers du contenu sous le regard admiratif du patron.

— Et après, ce pauvre type m'a mené au *Chesnut Hotel* où on a eu le culot de me réclamer une livre dix ! Sûrement qu'ils me prenaient pour un péquenot dans cette boîte ! Après, il me déposa au *Elmwood* où on voulait encore une livre deux. Je ne leur ai même pas répondu à ces voleurs ! Seigneur... !

Sam, qui était en train de s'interroger pour arriver à savoir si ce type jouait les idiots ou l'était vraiment, bondit :

— Qu'est-ce qu'il y a ?

— La plus belle femme que j'ai vue dans ma vie ! Cré non ! On n'en a pas comme ça à Tomintoul !

Bloom se retourna et reconnut, descendant l'escalier, Lucy Sherrat qui, en dépit de ses quarante-cinq ans, était considérée comme une des plus courageuses parmi les dames qui, le soir venu, arpentent les trottoirs de Soho.

— Eh ! bien, vous ne devez pas être gâtés à Tomintoul sous le rapport du beau sexe !

Lucy s'approcha du bureau.

— Hello ! Sam... faudra rappeler à Edmund que mon robinet fuit... Ça donne un bruit exaspérant et moi, j'ai besoin de me reposer, vous le savez... Alors, je compte sur vous, Sam ?

Avant que le patron ait répondu à sa cliente, l'Ecossais rugit :

— En l'honneur de la plus belle fille de Soho !

Et tout aussitôt, il entonna sur son bag-pipe *Flowers of the forest*. Les yeux écarquillés, Lucy examina l'Ecossais et interrogea Sam :

— Qu'est-ce que c'est que ce type ?

— Un admirateur, ma chère !... Pourriez pas arrêter votre machin, l'ami ?

Malcolm consentit à suspendre ses flots d'harmonie et décida :

55

— Je vais suivre cette dame et je marcherai à cinq pas derrière elle en jouant *Eightsome reel !* C'est comme ça que nous faisons à Tomintoul quand une fille nous plaît et qu'on souhaite la fréquenter.

On eut toutes les peines du monde à le convaincre de renoncer à son projet et à lui expliquer que le travail de miss Sherrat s'accommoderait assez mal d'un pareil vacarme. Sur un signe impératif de Bloom, Lucy s'éclipsa, mais le regret au cœur, car il y avait si longtemps qu'elle n'avait plus soulevé l'admiration des hommes... A quarante-cinq ans, elle aurait bien aimé goûter une fin bourgeoise et cet Ecossais était vraiment bel homme. Seulement, il y a des rêves auxquels on feint de croire pour se consoler, sans y croire complètement. Pour Lucy, comme pour tant d'autres de ses compagnes, c'était trop tard. N'empêche qu'un beau gars qu'elle n'avait jamais vu avait joué en son honneur *Flowers of the forest* et elle n'en parlerait à personne, c'était son secret à elle.

Sam Bloom s'intéressait de plus en plus à son Ecossais. Il devinait, sans trop soupçonner en quoi, qu'il pourrait lui procurer de substantiels bénéfices, et que ce natif des Highlands lui était envoyé par son ange gardien qu'il soupçonnait être aussi dévoyé que lui.

— Alors, comme ça, sir, vous possédez huit cents moutons ?

— Au moins !

— Ça doit laisser de jolis bénéfices au bout de l'année, non ?

— Je me plains pas !

— Et vous êtes venu à Londres pour vous offrir du bon temps ?

— Pas tellement... Je suis venu surtout pour acheter du matériel... Il faut vous dire que je suis trésorier de la Coopérative... pour la laine. Il paraît que les Australiens ont des tondeuses du tonnerre... Alors, Gregor Fraser, le président, a

56

dit : il y a que Malcolm McNamara de Tomintoul à qui on puisse confier tant d'argent sans se faire de bile.

— Tant d'argent ?

— Cinq mille livres, mon vieux, vous appelez pas ça beaucoup d'argent à Londres ?

— Si, bien sûr... et vous les avez portées à la banque la plus proche de votre patelin ?

— Non, chez nous à Tomintoul, on n'a pas tellement confiance dans les banques... On vous y prend vos billets et on vous donne un reçu. Moi, je trouve pas ça normal. Je préfère avoir mon argent dans ma poche et l'échanger contre de la marchandise.

Bloom n'en pouvait plus avaler sa salive.

— Vous... vous voulez dire que... que vous portez ces cinq mille livres sur vous ?

— Dans ma valise, la verte.

Sam avait vu bien des pigeons dans son existence de truand, mais jamais encore un de cette qualité. Il ne parvenait pas à y croire tout à fait.

— Mais... ne pensez-vous pas que c'est très imprudent ?

Malcolm haussa ses larges épaules.

— Celui qui se mettra dans la tête de me voler, il pourra prendre en même temps son billet pour l'hôpital ou pour le cimetière. Faut pas vous tromper, vieux, j'ai l'air bon gars comme ça, et c'est vrai, au fond, que je le suis, mais pas toujours, hein ? Et si je montais dans ma chambre, histoire de faire un brin de toilette ?

— D'accord...

Le patron appuya sur un timbre. Edmund se présenta.

— Le 17 pour Mr. McNamara.

Le domestique, en voyant les deux valises, en béa d'étonnement et puis, doucement, s'enquit :

— Vous me prendriez pas pour un déménageur, des fois ?

Sam se fâcha.

57

— Gardez vos réflexions, Edmund, et dépêchez vous de monter ces bagages !

Edmund, plein de bonne volonté, prit une poignée dans chaque main, parvint à soulever les valises de quelques centimètres et les reposa.

— Je vais vous dire, patron. Si j'étais capable de porter ces trucs-là au deuxième étage, je courrais tout de suite à la fédération des poids et haltères afin de m'engager dans le prochain tournoi des jeux Olympiques !

L'Écossais enleva les valises en demandant au garçon :

— Montrez-moi seulement le chemin, vieux.

Au moment où Malcolm posait le pied sur la première marche de l'escalier, Bloom l'appela.

— Mr. McNamara ?

Le colosse se retourna.

— Je tenais à vous dire que vous m'êtes très sympathique et que je suis heureux que vous ayez choisi ma maison pour votre séjour londonien.

Dès que Sam eut vu le domestique redescendre, il se jeta littéralement sur le téléphone, composa un numéro.

— Hello, Tom ?... ici Sam... passez-moi Duncan... C'est urgent... Ducan ? ici, Sam... Dites donc, j'ai chez moi un phénomène incroyable... Il arrive de Tomintoul, un bled du fond de l'Ecosse et tenez-vous bien, il se balade avec cinq mille livres sur lui parce qu'il n'a pas confiance dans les banques, invraisemblable, non ? C'est pour acheter des tondeuses à moutons au nom d'une Coopérative dont il est le trésorier... Comment il est arrivé ?... C'est marrant... Il a fait plusieurs hôtels qu'il a trouvés trop chers. Si vous aviez entendu sa discussion avec le chauffeur de taxi ! Il a quand même réussi à ne pas lui refiler de pourboire... c'est-à-dire Jack, que ce n'est pas un homme à qui un type seul peut chercher querelle à moins d'avoir un pistolet dans chaque main et un couteau entre les dents, vous voyez à peu près ? Mais, Jack, cinq mille livres, vous vous rendez compte ? vingt-cinq pour cent de commission, c'est d'accord ?... Le plus simple est d'envoyer Patricia ici, elle le vampera comme rien. Ce gars-là est comme un bébé au maillot. Mais si, je vous l'affirme ! Ecoutez, Jack, vous connaissez la vieille Lucy Sherrat, oui ? Eh bien ! il l'a jugée la plus belle fille qu'il avait jamais rencontrée ! Il prétendait la suivre dans Soho en jouant du bag-pipe, parce qu'il paraît que dans son pays, c'est la manière de faire comprendre à une fille qu'elle vous plaît. Alors, quand il verra Patricia... D'accord, Jack, je crois que ce sera une bonne journée, mais trouvez des costauds surtout, et à mon avis, il en faudrait au moins trois.

Quand l'Ecossais redescendit à la réception, Patricia n'était pas encore arrivée. Il incombait à Bloom de retenir son hôte.

— Mr. McNamara rassurez-moi : vous n'avez pas laissé votre argent là-haut, au moins ?

— Pourquoi ? Il y a des voleurs chez vous ?

— Je ne pense pas, mais je ne puis me porter garant de tout le monde. Et puis la tentation...

— Mais à part vous, mon vieux, personne ne sait que j'ai cinq mille livres dans ma valise ?

— Tout de même, je serais plus tranquille si... Malcolm lui frappa amicalement sur l'épaule.

— Ne vous en faites pas ! Je ne suis quand même pas idiot et mon argent, je le porte sur moi. Je n'aime pas à m'en séparer. Voilà le meilleur des coffres-forts !

Et il s'envoya une belle claque sur sa large poitrine. C'est ce moment que Patricia choisit pour effectuer son entrée. Elle sourit à Sam :

— Bonjour, mon oncle !... Je passais dans votre affreuse rue et je me suis dit qu'il me fallait savoir si vous étiez ou non encore de ce monde !

Si Malcolm avait été plus observateur, il se serait rendu compte que le baiser échangé entre l'oncle

59

et la nièce manquait de chaleur et ressemblait davantage à un de ces attouchements légers entre officiers supérieurs se décorant, qu'à une preuve irréfutable de tendresse familiale. Mais l'Ecossais était dans l'impossibilité absolue de prendre conscience de quoi que ce fût. La bouche ouverte, les yeux exorbités, il regardait la jeune femme. Du coin de l'œil, Bloom l'épiait et constatait avec satisfaction que le piège fonctionnait à merveille.

— Mr. Mc Namara... permettez-moi de vous présenter ma nièce, Patricia Potter.

Patricia feignit de découvrir le géant et assez froidement, demanda :

— Comment allez-vous, Mr. McNamara ?

Mais sans répondre, l'Ecossais bondit dans l'escalier et disparut, laissant la jeune femme quelque peu interloquée.

— Ça, par exemple ! Qu'est-ce qu'il a ?

— Je crois le deviner... Surtout, ne vous étonnez de rien !

Bien que prévenue, Patrica frémit en entendant, venant de l'étage supérieur, les accents entraînants de *Black Mount Forest*. Et elle n'était pas encore revenue de sa surprise lorsque Malcolm apparut, soufflant de toutes ses forces dans son bag-pipe. Bloom murmura :

— C'est un hommage à votre beauté, ma chère...

Patricia éclata de rire, ce qui parut redonner une vigueur nouvelle à McNamara qui ne reprit quasiment pas haleine jusqu'à la dernière note.

— Puis-je savoir, Mr. McNamara, les raisons de ce charmant concert ?

— A Tomintoul, on sait pas bien s'exprimer. On préfère se servir du bag-pipe. Vous êtes rudement jolie, miss Potter !

— Merci.

— Vous habitez par ici ?

Sam intervint.

— Ma nièce chante au *Palmier d'Hawaï* dans Frith Street.

60

— C'est loin ?

— Pas du tout puisque cela se trouve dans Soho.

— Alors, je pourrai aller l'écouter ?

— J'en serai charmée, Mr. McNamara. Mon oncle, il faut que je m'en aille. Mon numéro passe dans deux heures, le temps de dîner et de me préparer. Au revoir. Au revoir, Mr. McNamara. A tout à l'heure, peut-être ?

— Sûr !

Patricia partie, l'Ecossais affirma :

— Eh bien, mon vieux, vous avez une sacrée jolie nièce ! Dieu me bénisse ! j'aurais une fille comme elle dans ma maison, je ne souhaiterais plus rien !

— Je vois que Patricia vous a causé une forte impression.

— Elle m'a bouleversé... Je croyais que c'était qu'au cinéma qu'on pouvait rencontrer des beautés pareilles... Ah ! si j'étais pas un simple éleveur de moutons, je lui demanderais de m'épouser. Vous pensez qu'elle accepterait ?

— Franchement, Mr. McNamara, ça m'étonnerait que Patricia aille s'enterrer à Tomintoul...

— Oh ! mais dites donc, on a le cinéma une fois par semaine dans la grange de Neil McFarlan... enfin, l'été, parce que l'hiver, on gèlerait sur nos bancs... Elle est pas fiancée, au moins ?

— J'imagine que non... Vous savez c'est une fille très bien, ma nièce. D'accord, elle chante dans une boîte, mais il faut bien gagner sa vie, n'est-ce pas ? Elle n'a pas eu de chance. Ses parents sont morts dans un accident d'auto et elle est restée orpheline à douze ans...

— Heureusement que vous étiez là !

— Pardon ?

— Vous êtes bien son oncle ?

— Evidemment... Sans moi, j'ignore ce qu'elle serait devenue la pauvre gosse... Mais je ne menais pas une existence qui convenait tellement à l'éducation d'une jeune fille... vous me comprenez ? Je

61

l'ai mise en pension à York... Quand elle a eu terminé ses études, elle a essayé de gagner sa vie... Elle y parvenait médiocrement, avec mon aide bien sûr... et puis un jour où elle s'ennuyait, elle a participé à un concours d'amateurs et elle a été remarquée... Oh ! ce n'est pas ce qu'on pourrait appeler une grande voix... seulement une voix agréable... et tout de suite, elle a trouvé des engagements... Maintenant elle est depuis plusieurs mois au *Palmier d'Hawaï*, et il ne semble pas que son succès se ralentisse...

Pendant trois mois, Duncan et Dewitt, se sachant étroitement surveillés, s'étaient tenus tranquilles. Celui qui dirigeait tout le trafic de la drogue dans Soho leur avait intimé l'ordre de ne pas bouger et les deux truands enrageaient en pensant à tous les jolis bénéfices leur passant sous le nez. Cette inaction où ils se morfondaient tous deux fut la raison pour laquelle ils acceptèrent de prendre en considération la petite opération proposée par Sam Bloom. Avachi dans son fauteuil, après la communication de Sam, Dewitt remarqua :

— Cinq mille livres font un joli tas de bons petits billets, Jack. Qu'en pensez-vous ?

— Je pense que j'en aurais besoin, parce que réduit aux seules ressources du *Palmier d'Hawaï*...

— Ouais... comment voulez-vous qu'on s'y s'y prenne, Jack ?

— Le moins de monde possible, Peter. Il faudra déjà donner vingt-cinq pour cent à Sam...

— Il se contentera de dix pour cent si vous m'autorisez à le persuader de se montrer plus raisonnable.

— Je vous y autoriserai, Peter... Donc, dix pour cent pour Sam... J'ai pensé à Blackie et à Thornton... Ils ont l'habitude de ce genre d'opération... Dix pour cent chacun. Mais d'après ce que Sam a raconté, il serait prudent de leur adjoindre Tony.

— Et encore dix pour cent ?...

— Evidemment...

— Comme toutes les mauviettes, Sam voit des géants partout !

— Attendons de juger de nos propres yeux. Vous direz à Blackie, Thornton et Tony de se tenir en contact avec nous toute la soirée. Le gars va s'amener pour applaudir Patricia qui lui a tapé dans l'œil.

— Je sais que vous n'aimez pas ça, Jack, mais si vraiment Patricia l'a vampé, il lui serait facile de...

— Non !

— Bon...

— Dewitt, téléphonez donc à ce patelin de Tomintoul.

— Pardon ?

— Tomintoul, dans le comté de Banff, en Ecosse. Appelez le bureau de poste et demandez si on y connaît un type du nom de Malcolm McNamara... et essayez aussi de vous le faire décrire. On ne prend jamais assez de précautions.

De son bureau où il semblait incrusté, Sam Bloom, le sourire aux lèvres, entendait son nouveau client siffler à tue-tête pour manifester sa joie. Sam s'attendrissait. C'était presque pécher que de détrousser un pareil bouseux... mais ça lui servirait d'expérience. Après tout, Bloom et ses amis allaient rendre service aux banques britanniques en donnant une bonne leçon à ces arriérés de Tomintoul. Il essaya d'imaginer le comportement de l'Ecossais au *Palmier d'Hawaï* et jugea qu'il sortirait de l'ordinaire.

Peter Dewitt, peu avant que ne commençât le numéro de Patricia, vint donner à Duncan les renseignements obtenus, non sans mal, de la postière de Tomintoul.

— Elle devait être en train de prendre son thé,

63

vu l'humeur dont elle témoigna. Elle s'est, toutefois, quelque peu humanisée en apprenant que je lui téléphonais de Londres. Cela la flattait sans doute. Mais, quand je lui ai demandé si elle connaissait Malcolm McNamara, elle a été tout sucre et tout miel. Elle en pince sûrement pour le gars. Le meilleur, le plus beau, le plus aimable des éleveurs de moutons du comté de Banff à l'en croire et honoré de la confiance de ses compatriotes, car il est, effectivement, quelque chose d'important dans le syndicat.

— Elle vous l'a décrit ?

— Elle me l'a peint ! Sur le moment, j'ai cru qu'elle me brossait le portrait de Dieu le Père ! Sa taille, la couleur de ses cheveux, de ses yeux, sa bouche, ses muscles, son allure enfin, bref, tout quoi ! Et cela m'a l'air de rudement bien concorder avec la description de Patricia.

— Alors, c'est le Ciel qui nous l'envoie.

Peter éclata de rire.

— Vous prêtez de drôles d'intentions au Ciel, Jack !

Bien que prévenu, Tom le portier béa de saisissement lorsque McNamara s'adressa à lui :

— Dites donc, mon vieux, elle n'a pas encore commencé de chanter, miss Potter, hein ?

Tom estima qu'il était urgent d'alerter Tony, car en dépit de leur savoir-faire, Blackie et Thornton ne viendraient jamais à bout tout seuls de ce colosse.

— Elle entrera en scène d'un instant à l'autre, sir.

— Parfait !

— Je vous demande pardon, sir, qu'est-ce que vous avez dans ce sac ?

— Rassurez-vous, mon vieux, c'est pas une mitraillette, mais mon bag-pipe.

Malcolm et Patricia se présentèrent ensemble aux clients du *Palmier d'Hawaï*, la première sur

64

la scène, le second dans la salle, et tous deux retinrent également l'attention. Miss Potter, ne voulant pas rater son entrée, joua le jeu et cria :

— Bienvenue à Malcolm McNamara, honneur du comté de Banff !

Du coup, tout le monde se retourna pour admirer le sympathique géant qui avait passé un veston de teinte neutre sur son kilt de cérémonie et spontanément, les applaudissements éclatèrent. Gêné, McNamara sourit à la ronde et Dewitt qui, du bureau de Duncan, avait suivi l'affaire, se précipita pour installer l'Ecossais à une table du fond.

— J'espère que vous serez bien et si miss Potter vous séduit pas ses chansons, nous vous accorderons la faveur exceptionnelle d'aller la féliciter dans sa loge. Que désirez-vous prendre ?

— Whisky.

— Un double ?

— Non, la bouteille.

Dewitt frémit. Par sa démesure tout autant que par sa simplicité, ce bonhomme le bouleversait. Il avisa le sac que McNamara glissait sous la table.

— Vous ne préférez pas le déposer au vestiaire ?

— Je me sépare jamais de mon bag-pipe, vieux !

Laissant la soirée continuer son cours, Peter remonta annoncer à Jack que le gars était à point.

— Je dis à nos hommes de s'amener ?

— Non.

— Qu'est-ce qui vous prend ? Les cinq mille livres ne vous intéressent plus ?

— Ne dites donc pas de sottise, Peter, mais Tom m'a signalé que les inspecteurs Bliss et Martin rôdaient dans les parages. Ce n'est donc pas le moment.

— Alors, on le laisse filer avec sa galette ?

— On attendra qu'il revienne.

— Et comment êtes-vous sûr qu'il reviendra ?

— Patricia.

65

Bliss et Martin qui, malgré les ordres du Superintendant, avaient fait de la vengeance du meurtre de Pollard une affaire personnelle, continuaient à s'intéresser de très près au *New Fashionable* et au *Palmier d'Hawaï*. On leur avait signalé l'apparition de l'Ecossais dans le circuit. Aussitôt, ils avaient flairé du louche, ce personnage leur semblant par trop hors du commun. S'agissait-il d'une combine montée par Duncan ? Attirer l'attention sur le type qu'on entend camoufler, serait peut-être une excellente combinaison et bien dans l'esprit retors de Jack. De plus, les policiers n'ignoraient pas qu'une forte quantité d'héroïne était arrivée à Londres par un cargo. Les fouilles minutieuses n'avaient rien donné. Laissant leurs collègues du port s'énerver en recherches inutiles, Bliss et Martin s'étaient persuadés que tôt ou tard, le chemin de la drogue passerait par le *Palmier d'Hawaï*. Dès qu'ils étaient libérés de leur tâche officielle, ils venaient se planquer aux abords de la boîte de nuit et lorsqu'ils y virent entrer l'Ecossais, ils se convainquirent que leur hypothèse n'était peut-être pas aussi farfelue qu'elle en avait l'air. Ce colosse pouvait jouer le rôle d'agent de liaison entre le cargo et Duncan. Ils résolurent de l'appréhender sous un prétexte quelconque sitôt qu'il sortirait du cabaret. Une fois qu'il se trouverait entre leurs mains, il lui faudrait bien, de gré ou de force, s'expliquer.

Etait-ce la présence de son admirateur écossais ? toujours est-il que Patricia, ce soir-là, se montra dans sa meilleure forme et suscita des applaudissements nourris. Elle remporta un triomphe avec la vieille complainte irlandaise *Molly Malone* et Malcolm, ne sachant plus comment traduire son enthousiasme, attrapa son bag-pipe et, à la stupéfaction amusée et sympathique de l'assistance, entonna *Wi'a hundred pipers* tout en se promenant à travers la salle selon la démarche rituelle des parades. Il exhala la dernière note en arrivant près de la scène où, sans plus de façon, il empoigna Patricia, la jucha sur son épaule et recommença à se promener parmi les clients ravis. Miss Potter, rouge comme une pivoine, suppliait son chevalier servant de la reposer à terre. Par la fenêtre de leur bureau donnant sur la salle, Duncan et Dewitt ne perdaient pas une miette du spectacle. Mais si Peter riait aux larmes, Jack se renfrognait. Patricia était son bien, il n'admettait pas qu'un autre y puisse toucher.

L'Ecossais se décida enfin à reporter miss Potter sur la scène et, lui prenant la main, clama :

— C'est ainsi que, chez moi, à Tomintoul, on montre qu'une fille nous plaît !

Ce fut du délire et McNamara devint l'attraction n° 1 de la soirée. Cette vieille fripouille de Tom, le portier, et Herbert, le barman, se tenaient les côtes. Ce que tous trouvaient le plus drôle, c'est que l'Ecossais semblait sincère. Tenant toujours la main de Patricia, il lui demanda à haute voix :

— Miss, vous êtes épatante ! J'aimerais avoir une femme comme vous à Tomintoul ! Voulez-vous m'épouser ?

Un hourvari général fit écho à la surprenante proposition. Seule Patricia ne riait pas et dégageant brusquement sa main, elle se sauva dans la coulisse. Un peu interloqué sur le moment, Malcolm réagit promptement et se lança sur ses traces. Il bouscula gentiment deux ou trois personnes et, sans prendre la peine de frapper, il entra dans la loge de miss Potter qui, la tête dans son bras replié, pleurait à chaudes larmes. Alors, McNamara devint grave. Ayant refermé soigneusement la porte derrière lui, il s'avança doucement vers la jeune femme :

— Miss... J'ai pas voulu vous faire de la peine, vous savez...

Elle redressa son visage ruisselant et tenta de lui sourire.

— Je sais.

67

— C'est vrai que vous me plaisez beaucoup.
— Vous ne me déplaisez pas non plus.
— Je m'appelle Malcolm.
— Et moi, Patricia.

Ragaillardi, il prit une chaise et s'y assit à califourchon.

— Je suis sûr que si vous connaissiez Tomintoul, vous trouveriez le coin épatant.
— J'en suis sûre...
— Alors, pourquoi vous venez pas ?
— Ce n'est pas possible.
— Vous aimez tellement Londres ?
— Oh ! non !
— C'est ce métier qui vous retient ?
— Je l'ai en horreur !
— Pourtant, votre oncle m'a dit...
— Ecoutez, Malcolm, vous êtes le plus brave garçon que j'aie jamais rencontré... Sam Bloom n'est pas mon oncle... Il vous a menti, ils vous mentent tous, prenez garde à vous, Malcolm, je ne veux pas qu'il vous arrive quelque chose !
— Et que pourrait-il donc m'arriver ?
— Oui, que pourrait-il donc lui arriver ?

Ils se retournèrent. Peter Dewitt, souriant, se tenait sur le seuil. Patricia se reprit très vite :

— Il est si désarmé...
— ... que vos sentiments maternels s'alarment ? C'est tout naturel... mais je ne crois pas que Jack aimerait particulièrement votre réaction, Patricia.
— Vous allez la lui rapporter ?
— Je le devrais... mais Jack joue un peu au despote à mon goût... Il y a longtemps que je pense à une association entre vous et moi...
— ... qui exclurait...
— Bien entendu.
— Cela demande réflexion.
— N'est-ce pas ? Ne tardez pas trop tout de même... Mr. McNamara, je crois qu'il faut laisser miss Potter se remettre avant son prochain passage.

— Vous voulez dire qu'il faut que je m'en aille ?

— Exactement.

— D'accord !

Dewitt s'inclina.

— Vous êtes vraiment très compréhensif Mr. McNamara. S'il vous plaît...

Peter ouvrit la porte pour laisser passer l'Ecossais. Patricia eut le sentiment qu'elle ne reverrait plus ce bon géant et sa voix tremblait un peu :

— Adieu, Malcolm et... bonne chance !

Surpris, McNamara se retourna :

— Adieu ? N'y comptez pas ! On se reverra, petite...

CHAPITRE III

En revenant dans la salle du *Palmier d'Hawaï* où une chaude atmosphère de sympathie amusée l'accueillit, Malcolm paraissait préoccupé. Il se dirigea directement vers le bar où Herbert lui réserva le plus chaleureux accueil.

— Ah! sir, nous n'avons pas tellement l'occasion de nous amuser, à Soho, quoi qu'on en dise, et vous m'avez fait rire comme il y a longtemps que je n'avais ri... Je vous en remercie, sir, et si vous jugez pas la chose incorrecte je serais heureux de vous offrir un verre.

— Je l'accepte volontiers mon vieux. A Tomintoul nous disions que n'importe quel homme vaut n'importe quel homme.

— Rien que pour ça, sir, vous avez de la chance de vivre à Tomintoul...

L'Ecossais se pencha un peu par-dessus le bar.

— Ecoutez, mon vieux, il faut que vous m'expliquiez... Tous, vous semblez avoir envie de vivre ailleurs qu'ici, et pourtant vous paraissez ne pas avoir le courage de changer d'existence. Pourquoi ?

Le barman haussa les épaules.

— Je ne sais pas, sir. Peut-être parce que nous sommes trop pourris déjà ? Je ne peux pas vous expliquer... On se dit que c'est fini, qu'on va s'y prendre autrement et puis, dès que les lumières de Soho s'allument, on rapplique... De pauvres types, au fond, sir, voilà ce que nous sommes. Jamais je n'ai raconté ça, sir, et il faut que vous soyez rudement sympathique pour que je me laisse aller aux confidences, mais c'est curieux on a envie de tout vous confier, même ce qu'on n'ose pas s'avouer quand on est seul... je crois que je vais boire encore un verre, sir, avec votre permission.

— Ce coup-ci, mon vieux, c'est moi qui vous l'offre.

Ils burent et McNamara, reposant son gobelet, déclara tout à trac :

— Le gars qui m'a réceptionné, tout à l'heure...

— Mr. Dewitt ?

— Ouais... Il ne me plaît pas, mon vieux.

— Ah ?

— Mais alors, pas du tout. Il a un air de faux jeton et j'ai bien envie de lui casser la figure.

— Je ne vous le conseille pas, sir ! Quand Mr. Dewitt est en colère, il est... très dangereux... Est-ce que vous me comprenez, sir ?

— Et comment ! Mais moi aussi, je suis très dangereux quand je m'y mets... et même sacrément dangereux. C'est le patron de la boîte ?

— Mr. Dewitt ? Oh ! non... Le gérant seulement. Le *Palmier d'Hawaï* appartient à Mr. Duncan...

Herbert baissa la voix :

— ... et si mon opinion vous intéresse, sir, Mr. Dewitt, comparé à Mr. Duncan, serait plutôt du genre agneau !

En revenant sur scène, Patricia interrompit l'entretien du barman et de l'Ecossais. On établit l'obscurité dans la salle et sous le feu d'un seul projecteur, la jeune femme chanta des chansons tendres qui furent écoutées dans un silence ému, les boissons fortes ayant le privilège de rendre sentimentaux tous les cœurs anglo-saxons.

72

Lorsque Patricia eut fini d'égrener la nostalgique mélopée du fameux *Land of My Fathers* — hymne national des Gallois — on lui fit une véritable ovation. Quant à Malcolm, il pleurait, ce qui surprit grandement le barman.

— Quelque chose qui ne va pas, sir ?

— Mon vieux, cette fille-là, elle sera la femme de ma vie, aussi vrai que je m'appelle Malcolm McNamara !

— Elle vous a bougrement impressionné, si je comprends bien ?

— Impressionné ? Plus que ça, mon vieux... Si je la ramenais pas à Tomintoul, je me sentirais déshonoré ! On se mariera là-bas et c'est Bruce Farlan qui nous bénira... après, on se tapera un dîner qui durera trois jours ! Je vous invite, mon vieux ! C'est moi qui préparerai le haggie, vous m'en donnerez des nouvelles !

Herbert paraissait très embarrassé. Il murmura :

— Sir... je vous l'ai déjà dit... vous m'êtes très sympathique et je ne voudrais pas qu'il vous arrive des ennuis...

— Des ennuis ? Pourquoi croyez-vous qu'il peut m'arriver des ennuis ?

— Je me mêle de ce qui ne me regarde pas, sir... mais miss Potter n'est peut-être pas aussi... enfin, aussi libre que vous semblez vous le figurer...

— Et qu'est-ce qui l'empêche d'être libre ?

Dans un souffle, le barman chuchota :

— Le patron... Duncan... Ils ne sont pas mariés, mais c'est tout comme...

— Du moment qu'elle est pas mariée, j'ai le droit de courir ma chance, non ?

— Je vous aurai prévenu, sir.

Herbert retourna à ses bouteilles, et l'Ecossais continua de boire jusqu'au moment où Peter le rejoignit.

— Mr. Duncan vous a entendu jouer du bag-pipe et tient à vous remercier personnellement de

73

votre contribution à la réussite de cette soirée.

— Ouais... mais moi, c'est la chanteuse que je voudrais voir... Elle me plaît beaucoup...

Le barman secoua tristement la tête. Ce pauvre diable d'Ecossais courait au-devant des complications... Dewitt sourit.

— Je pense que vous aurez aussi l'occasion de lui souhaiter une bonne nuit.

— Alors, je vous suis, mon vieux !

Duncan accueillit l'Ecossais avec courtoisie. Il lui dit combien il avait apprécié son dynamisme et la façon dont il avait dégelé l'assistance. Souriant, il affirma :

— Miss Potter vous est en partie redevable du beau succès qu'elle a remporté ce soir.

— Vous la connaissez bien, miss Potter ?

— Je crois, oui.

— Pensez-vous qu'elle acceptera de me suivre à Tomintoul ?

Malgré sa maîtrise, Duncan parut tout de même un peu désarçonné. Quant à Peter, il s'étrangla avec son whisky.

— Je ne suis pas certain de saisir exactement le sens de votre question, Mr. McNamara ?

— Je désirerais épouser Patricia Potter et l'emmener avec moi à Tomintoul.

Jack dut se raccrocher à la perspective des cinq mille livres pour ne pas flanquer cet imbécile dehors.

— Il m'est difficile de vous répondre... J'estime que c'est à elle que vous devriez poser la question et tenez, justement, elle m'a confié qu'elle serait heureuse de vous revoir.

— Ça m'étonne pas !

— Vraiment ?

— Elle s'est sûrement rendu compte que j'étais sincère et que je ferai un bon mari !

— Peut-être... Vous êtes très sûr de vous, n'est-ce pas ?

— Assez, oui.

74

— Au point de commettre de... de véritables imprudences ?

— Des imprudences ?

— Vous semblez persuadé que vous êtes de taille à tenir tête à tout Londres !

— Mon vieux, je vais vous dire : à Tomintoul, il y a des mauvais gars qui s'amènent parfois pour chercher la bagarre... C'est moi qui m'occupe d'eux. Ils repartent toujours de Tomintoul en voiture-ambulance.

Duncan, qui avait tiqué sous la familiarité de l'appellation, ne put s'empêcher de sourire devant tant de suffisance.

— Puis-je vous donner un conseil, McNamara ? Méfiez-vous... J'ai le sentiment que nos voyous sont plus dangereux que ceux de Tomintoul... Quand vous rentrez fort tard, comme maintenant, prenez un taxi.

— Un taxi ? Mais, je suis pas malade !

— Si vous n'avez rien sur vous susceptible de tenter des crapules...

L'Ecossais eut un rire suffisant et se frappant la poitrine, affirma :

— J'ai cinq mille livres sur moi, mon vieux, et celui qui voudra me les prendre devra se presser !

— Je maintiens mon opinion, Mr. McNamara : c'est très imprudent !

— Vous en faites pas pour moi, mon vieux... et dites-moi plutôt où je peux voir miss Potter ?

Peter Dewitt, qui épiait les réactions du patron, vit les doigts de ce dernier blanchir sur le verre qu'ils enserraient.

— Veuillez prévenir miss Potter que son admirateur désire la saluer avant de nous quitter, Dewitt.

Peter s'en fut chercher Patricia. Il était heureux de la colère rentrée de Duncan. Dewitt trouva la jeune femme dans sa loge. Elle semblait triste

75

et ses yeux gonflés disaient assez qu'elle avait beaucoup pleuré.

— Du chagrin, Pat ?

— Je me dégoûte...

— Nous arrivons tous aux mêmes conclusions quand nous nous offrons le luxe de réfléchir, vous savez. Aussi, est-il plus sage de prendre le temps comme il vient et de se dire qu'hier est mort... C'est l'Ecossais qui vous a bouleversée ?

— Je ne me rappelais plus qu'il existait des garçons comme lui...

— Oubliez ça, Pat, et dites-moi qu'il vous reste des garçons comme moi...

Peter se pencha sur la jeune fille, très tendrement, et murmura :

— Vous n'ignorez pas que vous pouvez comprer sur moi pour tout et en tout, Pat...

Miss Potter se redressa et, regardant Dewitt bien en face :

— Vous me dégoûtez autant que Duncan... Vous êtes des êtres ignobles l'un et l'autre ! des criminels !

— Ma chère, permettez-moi de vous rappeler que vous profitez de ce que vous appelez nos crimes !

— Vous m'obligez à en profiter ! Vous savez très bien que Jack ne me laisse pas partir, sinon...

— Si vous aviez vraiment envie de partir...

— Peut-être suis-je lâche... mais Duncan m'épouvante. Il n'hésiterait pas à me défigurer pour se venger de ma fuite... et qu'est-ce que je deviendrais ?

— Duncan n'est pas immortel... Il ne tient qu'à vous de l'écarter très vite de votre chemin.

— En vous cédant ?

— Exactement.

— Je ne vois pas ce que je gagnerais au change !

La porte s'ouvrit silencieusement sous la poussée de Duncan, toujours courtois mais tendu à l'extrême.

76

— Je suis obligé de me déranger et d'abandonner mon hôte pour venir vous chercher Patricia ? et vous, Peter, qu'est-ce que vous attendez ?

— Elle... elle n'était pas prête.

— Votre attitude ne me plaît pas, Dewitt.

— La vôtre ne me plaît pas davantage, Duncan.

— Vous avez tort de me parler sur ce ton. L'imbécile qui est dans mon bureau m'a déjà suffisamment énervé pour ce soir.

— Ignorez-vous que la jalousie est un défaut stupide ?

La gifle que Jack asséna à son lieutenant claqua dans le silence de la loge. Peter porta la main à son veston, mais déjà Duncan avait un pistolet à la main.

— Si j'étais vous, Dewitt, je resterais tranquille.

Ils se regardaient, haineux.

— Vous avez eu tort, Duncan...

Il sortit sans ajouter un mot. Jack s'adressa à Patricia.

— Que fabriquiez-vous tous les deux ?

— Rien de spécial.

— Mettez-vous bien dans la tête que personne ne s'est encore moqué de moi, Patricia. Ce n'est pas vous qui commencerez et si vous vous imaginez que Dewitt est capable de vous arracher à moi, vous vous trompez.

— Je vous méprise autant l'un que l'autre.

— Si l'Ecossais et ses cinq mille livres ne vous attendaient pas dans mon bureau, je vous obligerais à me demander pardon à genoux. Mais ce n'est que partie remise. Allez, passez devant !

— Non !

— Vous auriez tort de m'énerver, Patricia.

— Je ne vous aiderai pas à dépouiller ce garçon !

— Vous agirez comme je vous l'ordonnerai !

— Non.

Duncan eut un sourire cruel.

— Vous ne vous rappelez plus que vous finissez toujours par m'obéir...

— Eh bien, mettons que j'en ai assez !

— Vous me paierez ça, Patricia... très cher.

— Je m'en fiche !

— Qui vous a monté la tête ? Dewitt ?

— Peut-être...

— Celui-là, il commence à m'ennuyer.

— Il en dit autant de vous !

— En vérité ? Je m'arrangerai de façon à ne plus l'ennuyer. Comptez sur moi !

— Peter n'est pas un enfant de chœur.

— Moi non plus. Mais ceci est un autre problème. Pour l'instant, j'ai besoin des cinq mille livres que l'idiot de Tomintoul porte sur lui.

— Allez les lui prendre !

— D'autres s'en chargeront pour moi, à commencer par vous.

— N'y comptez pas !

— Mais si, mais si...

Duncan revint dans son bureau avec l'air attristé du porteur de mauvaises nouvelles.

— Miss Potter est navrée, Mr. McNamara, mais elle se sent trop fatiguée pour nous rejoindre. Elle vous demande de l'excuser...

L'Ecossais poussa un énorme soupir.

— Vous lui direz que je dormirai mal en la sachant souffrante... Je l'aime bien, moi, cette petite... Bon, eh bien ! je reviendrai. Bonne nuit, gentlemen !

— Un moment, Mr. McNamara !... Vous ne me donnez pas le temps de terminer mon ambassade... Miss Potter m'a prié de vous dire qu'elle serait très heureuse de dîner demain en votre compagnie si, toutefois, la chose vous agrée ?

— Et comment ! mais.... dîner ? Et son tour de chant ?

— Demain est notre jour de fermeture.

— Ah ! ça, c'est épatant !

— Miss Potter a encore ajouté qu'il lui plairait de vous rencontrer au *Old Captain* à huit heures trente.

— L'*Old Captain* ? Mais où est-ce que ça se trouve ce truc-là ?

— Dans un quartier pittoresque, celui de Billingsgate, le marché aux poissons.

— C'est pas que j'aime tellement le poisson... enfin, pour plaire à miss Potter, je serais capable d'avaler n'importe quoi !

Un coup de téléphone interrompit la conversation. Tom, le portier, demandait s'il pouvait fermer et éteindre les lumières de la porte. En même temps, il apprenait à son patron qu'il venait de repérer les inspecteurs Bliss et Martin paraissant attendre quelqu'un. Duncan hésita un instant, puis donna l'ordre à Tom de tout fermer, le gentleman écossais devant sortir par l'entrée réservée aux fournisseurs. Ayant reposé l'appareil, Jack s'adressa à McNamara :

— Tom me signale que des individus louches rôdent dans le secteur... Avec l'argent que vous portez sur vous, il serait peut-être prudent que vous différiez votre départ ?

L'Ecossais éclata de rire.

— Je suis de taille à me défendre !

— Comme vous voudrez... J'espère que nous aurons le plaisir de vous revoir !

— Sûr, mon vieux !

Tenant le sac contenant son big-pipe d'une main ferme, au moment où il ouvrait la porte, Tom recommanda :

— Soyez prudent, sir.

— Vous bilez pas, mon vieux !

Cependant, par précaution, avant de s'engager dans la rue, l'homme de Tomintoul demeura un instant dans l'ombre de la porte et risqua une tête méfiante pour se rendre compte si la voie se révélait libre à droite et à gauche. De leur côté, les inspecteurs Bliss et Martin, en repérant le

79

manège de l'Ecossais et prenant en considération sa sortie tardive, se persuadèrent qu'il devait transporter quelque chose de précieux. Aussi, lorsque McNamara passa à leur portée, ils lui sautèrent dessus d'un même élan. Duncan et Dewitt, à travers les volets de la fenêtre du bureau, observaient la scène dont Tom ne perdait également pas une miette. Bliss ne sut jamais bien ce qui lui était arrivé et pourquoi il reprenait conscience coincé dans l'angle d'une maison, les jambes plus hautes que la tête. Quant à Martin, cueilli d'un formidable crochet au creux de l'estomac, à genoux sur le pavé, il essayait vainement de retrouver un souffle normal. Le rire de McNamara monta tout droit dans la nuit londonienne. Derrière leur volet, Ducan et Dewitt se regardèrent, communiant dans un même étonnement. Quant à Tom, il dut se retenir pour ne pas hurler son enthousiasme de sportif. Pour l'Ecossais, afin de concrétiser sa victoire sur les truands de la capitale, il emboucha son bag-pipe et entreprit de retourner au *New Fashionable* en jouant le *Highland cradle song*. C'était une erreur, car Bliss ayant recouvré ses esprits, porta un sifflet à sa bouche et en tira un son aigu et prolongé. Les policemen patrouillant dans le coin se précipitèrent et eurent tôt fait de rattraper l'homme que leur désignaient les inspecteurs et ce fut d'autant plus facile que Malcolm, la conscience en paix, ne se hâtait pas. Lorsque les *bobbies* l'entourèrent, il leur souhaita un bonsoir aimable et ne leur opposa aucune résistance.

Au Yard, malgré leur volonté évidente de prendre une revanche, les inspecteurs durent admettre l'innocence de leur vainqueur. Avant d'essayer d'arrêter l'Ecossais, ils n'avaient pas décliné leur qualité et ils reconnurent que le héros de Tomitoul pouvait se méfier. Quand ils lui demandèrent les raisons de sa longue visite au *Palmier d'Hawaï*, il raconta sa passion subite pour Patricia Potter dont il entreprit aussitôt une enthousiaste description. Bliss le calma :

— Ecoutez-moi, Mr. McNamara... Vous êtes sûrement un brave garçon, alors suivez mon conseil : allez acheter vos tondeuses et rentrez aussi vite que possible à Tomitoul près de vos chers moutons!

— Sans Patricia ?

— Ce n'est pas une fille pour vous ! D'abord, elle vit avec cette crapule de Jack Duncan et nous la soupçonnons d'être pour quelque chose dans le meurtre d'un de nos collègues.

— Impossible, mon vieux !

Le « vieux » encaissa mal cette apostrophe familière.

— Cela vous gênerait de m'appeler inspecteur ?

— Pas du tout, mon vieux !

Bliss jeta un coup d'œil furieux à Martin qui réprimait difficilement son envie de rire. Malcolm ne s'apercevait de rien, étant uniquement préoccupé par Patricia.

— Moi, je la connais, Patricia... Elle mène une existence qui ne lui plaît pas.

— Pourquoi n'en change-t-elle pas ?

— Elle a peur de Duncan.

— Qu'elle vienne déposer plainte !

— Et vous êtes certain de pouvoir la protéger, mon vieux ?

— Et vous ?

— Quoi, moi ?

— Vous n'êtes pas capable de la défendre ?

— Je vais vous dire, mon vieux, si je me fâche pour de bon, je risque d'aller trop loin et de tuer Duncan en même temps que cet autre sale type traînant à ses côtés. Je désire pas finir au gibet, ma mère en aurait trop de chagrin, sans compter que ça me plairait pas tellement non plus...

— Alors, rentrez à Tomintoul ?

— Pas sans Patricia.

81

— Bon... En tout cas, vous ne pourrez pas dire qu'on ne vous a pas prévenu.

Sam Bloom n'avait pas voulu aller se coucher avant de savoir si le coup avait réussi et s'il toucherait sa prime. L'entrée de l'Ecossais le fit quand même sursauter et il demeura stupéfait de le voir la mine réjouie de son hôte qui le saluait jovialement :

— Pas encore au lit, Mr. Bloom ?

— Je... je m'inquiétais de... de votre retard. Je craignais que vous ne vous soyez perdu.

— Pas du tout, mon vieux, mais j'ai été attaqué par deux types qu'il m'a fallu assommer pour avoir la paix.

— Et qui... qui étaient ces... ces gens-là ?

— Des inspecteurs de police.

— Quoi ?

— Seulement moi, mon vieux, comment j'aurais pu les reconnaître, hein ?

— Et... et après ?

— Après, forcément, ils ont appelé les flics... pas très sport, ces gars-là hein ? et on s'est retrouvés au Yard où on s'est expliqué... Vous savez pas ce qu'ils m'ont conseillé ?

— Non ?

— De retourner à Tomintoul !

— Vraiment ?

— Moi, je leur ai répondu que je partirai pas à Tomintoul sans Patricia !

— Ma nièce !

— Vous êtes un sacré farceur, mon vieux, hein ? Patricia, je l'aime et tout le reste n'a aucune importance...

— Mais vous la connaissez à peine ?

— Et alors ?

— Vous... vous avez parlé de ce projet à Patricia ?

— J'y ai même demandé sa main au milieu de la salle du *Palmier d'Hawaï*.

82

— Pour quelle raison à cet endroit-là ?

— Parce que je me baladais en jouant *Wi'a hundred pipers.*

— Cela a dû enchanter Duncan ?

— Tout le monde paraissait apprécier, sauf Patricia qui me tapait sur le crâne.

— Sur le crâne ? Pourquoi sur le crâne ?

— Parce que je le portais sur mon épaule. Bonne nuit, mon vieux... Je regrette pas d'avoir quitté Tomintoul... On rigole bien à Londres.

Le regard légèrement vague, Sam regardait monter l'escalier cet Ecossais qui rossait les inspecteurs du Yard, jouait du bag-pipe au *Palmier d'Hawaï* et prenait Patricia sur les épaules, Patricia que Duncan surveillait étroitement !

A huit heures du soir, le lendemain, Malcolm McNamara entra au *Old Captain* sans prêter attention aux trois hommes qui ne le quittaient pas des yeux. A la vérité, les trois solides truands qu'étaient Blackie, Thornton et Tony examinant leur future victime, regrettaient de n'avoir pas exigé une plus forte rémunération de Ducan. Pendant que l'Ecossais choisissait une table, Tony mumurait :

— Ça va être coton...

Thornton, le plus costaud, haussa les épaules.

— Bah ! ces grands, ils sont souvent mous comme des chiques !

Blackie, le plus âgé, remarqua :

— Je ne crois pas que soit le cas.

En attendant Patricia, Malcolm mangea trois saucisses et but une demi-bouteille de whisky. Intéressé par ce client peu banal, le patron — Jim la Chouette — s'approcha :

— Vous aviez faim, sir, à ce que je vois ?

— Faim ? Nous en reparlerons tout à l'heure, mon vieux, quand nous dînerons avec mon invitée.

— Parce qu'après ces saucisses, vous pensez dîner ?

Ce fut au tour de l'Ecossais de le regarder, étonné.

— Vous plaisantez, mon vieux, ou quoi ? Ce ne sont que des amuse-gueule pour passer le temps... Qu'est-ce que vous avez au menu ?

McNamara commanda de quoi nourrir un quatuor de bons mangeurs et recommença à engloutir des saucisses et à boire du whisky. A huit heures trente, Patricia, à qui Duncan avait, une fois de plus, imposé sa volonté, se présenta, et Malcolm, se précipitant vers elle, la prit par la main et la conduisit à sa table.

— Eh bien ! petite, c'est un vrai plaisir de vous voir ! J'avais peur que vous veniez pas...

— Pourquoi ?

— Parce que vous êtes si élégante, si fine, et moi hein ? J'ai pas tellement d'illusions, vous savez... Seulement, quand on aime, hein ?

Malgré son angoisse, elle ne put s'empêcher de sourire.

— Mon pauvre ami, que feriez-vous de moi à Tomitoul ?

— La mère de mes enfants, tiens !

— Franchement, Malcolm, vous me voyez là-bas ?

— Peut-être pas comme vous êtes maintenant... Si vous veniez avec moi, on irait à pied de la gare... Il y a une fontaine avant d'arriver chez moi... Je vous y laverais la figure, je vous débarbouillerais, quoi... et vous seriez toute propre après... Alors, on recommencerait tout...

Les consommateurs se retournèrent vers le géant lorsque Patricia éclata en sanglots. Il la prit dans son grand bras et l'appuya contre son épaule, tout en disant aux autres :

— C'est l'émotion...

Jim la Chouette, toujours méfiant, s'enquit :

— Je vous sers quand même le dîner ?

84

— Et comment !

— C'est qu'en voyant l'état de cette dame...

— Justement, mon vieux, justement. Il faut qu'elle mange beaucoup dans son état !

Le patron resta un court instant interloqué, puis une lueur d'intelligence brilla dans ses yeux et, souriant, il s'inclina devant miss Potter.

— Madame, vous me permettez de boire à la santé de votre futur baby.

Suffoquée, Patricia rougit jusqu'aux oreilles, Malcolm s'esclaffa et les trois tueurs se demandèrent ce que tout cela signifiait.

— Et maintenant, Patricia, si vous me disiez ce que vous avez ?

— Tout ce que vous me racontez... et l'autre imbécile...

— Il est un peu pressé, ça j'en conviens.

Elle posa sa main sur la sienne.

— Malcolm, il ne faut pas m'aimer. Je ne le mérite pas...

— Ça, c'est moi qui juge.

— Quand vous saurez...

— Je ne demande rien.

— Je ne suis pas londonienne... Je suis née au pays de Galles. Mes parents étaient des paysans, malheureux, si malheureux que j'ai dû quitter la maison à seize ans pour gagner ma vie. Un tas de métiers tous plus durs les uns que les autres, et puis, il y a un an, la rencontre de Jack Duncan... et ce fut la chute verticale... Duncan est une fripouille... et Dewitt, un tueur...

— Mais si Duncan tient à vous, pourquoi vous a-t-il laissée me rejoindre ?

Il la vit hésiter avant qu'elle ne balbutie :

— Je ne peux pas... il me tuerait... je ne peux pas...

— Vous exagérez pas un peu ?

Elle chuchota :

— Il y a eu quelque chose de terrible... un po-

85

licier qui traquait Duncan... et puis la jeune fille...
je leur ai dit... alors, il m'a frappée...

Elle aurait voulu avoir le courage de lui raconter, de tout lui expliquer, de lui peindre le milieu
où la peur et la lâcheté l'obligeaient à vivre. Elle
éprouvait soudainement un grand désir de pureté
devant cet homme simple, habitué au vent
d'Ecosse et qui s'imaginait que tout était facile...
Oui, il avait raison, des filles comme elle, il n'en
avait jamais vu à Tomintoul, et cela valait mieux
pour lui. Ce grand nigaud se laissait prendre aux
apparences, mais il devinait ce qu'il y avait derrière cette façade... Patricia en voulait à Malcolm
de l'avoir obligée à prendre conscience de sa déchéance. A cause de lui, elle se souvenait de l'air
autrefois respiré, des courses à travers les collines
et des grands rires de veillées. Brusquement, elle
se sentait vieille... vieille... et cet idiot qui la
contemplait avec adoration, s'imaginant sans doute
qu'elle répondait à sa flamme, alors qu'elle n'était
là que pour l'occuper jusqu'à onze heures, onze
heures et demie... et le livrer aux hommes de Jack.
Elle se dégoûtait et pourtant elle ne se sentait
pas le ressort nécessaire pour l'avertir. Prévenu, il
regagnerait Tomintoul, écœuré, et elle, elle res-
terait seule devant les autres. Le sort qu'ils lui
réservaient la faisait frissonner.

— A quoi pensez-vous, Patricia ?

Elle le regarda comme s'il se trouvait loin, très
loin, hors de son univers.

— A rien.

— Eh bien ! vous êtes rudement jolie quand
vous pensez à rien !

Jim la Chouette, en déposant les plats sur la
table, évita à miss Potter de répondre. Face à cet
amoncellement de nourritures, la jeune femme,
surprise, s'écria :

— Vous attendez du monde ?

— Moi ? Vous, et personne d'autre ! Je suis
trop content de vous avoir tout seul.

— Mais... tout ça ?

— Quand je suis amoureux, j'ai encore plus d'appétit que d'habitude.

Le jour de fermeture du *Palmier d'Hawaï*, Peter Dewitt avait coutume de vaquer à ses affaires personnelles, c'est-à-dire qu'il étudiait la question touchant la possibilité de supplanter Duncan auprès du grand patron de la drogue, à Soho. Cependant, ignorant l'identité de ce dernier, il tentait l'impossible pour percer un incognito qui l'empêchait de prendre des initiatives. Sous prétexte d'effectuer la tournée des détaillants, il tâtait le terrain un peu de tous les côtés, mais il semblait bien que tous les truands de la drogue ne connussent que Duncan. A plusieurs reprises, l'idée était venue à Peter que Jack pouvait être cet X... tout-puissant, mais aussitôt, des foules de raisons se présentaient à son esprit pour réduire à néant des suppositions que rien ne venait confirmer. De plus, si Duncan était le maître de la drogue, il ne se trouverait pas dans la difficile situation financière qui s'affirmait la sienne en ce moment.

Peter Dewitt s'apprêtait à quitter sa chambre lorsque le téléphone sonna. Seul, Jack connaissait son adresse. Il décrocha :

— Oui ?

— Peter... J'ai besoin de vous voir tout de suite.

— Mais...

— Tout de suite !

On raccrocha avant que Dewitt ait pu émettre une protestation. Rageur, il reposa l'appareil. Il en avait assez des manières de Duncan à son égard ! Il faudrait que cela finisse un jour ou l'autre et le plus tôt serait le mieux. Les deux hommes savaient trop de choses l'un de l'autre pour que leur tandem pût se dissocier sans heurt, et ce heurt, Peter l'appelait de tous ses vœux, mais il entendait le provoquer quand il jugerait le mo-

87

ment propice et qu'il aurait pris toutes ses précautions.

Il y avait longtemps que Patricia, ayant fini le dîner, avait allumé une cigarette et admirait, effarée, son compagnon qui continuait paisiblement à dévorer les plats qu'on servait. Il n'y avait pas que la jeune femme pour s'extasier devant un pareil appétit. Les trois hommes de main de Duncan, fascinés, béaient d'admiration, et les clients du *Old Captain* appréciaient en connaisseurs la remarquable attraction que le hasard leur offrait. Patricia se sentait gênée par cette attention générale. Blackie chuchota à ses copains :

— Dommage d'être obligé de démolir un pareil champion...

Thornton ricana :

— Vous devenez sentimental ?

— Non, mais je suis sportif.

Enfin, Malcolm s'arrêta en poussant un soupir de satisfaction. Sa compagne ne put se tenir de lui demander :

— Vous mangez tous les jours comme ça ?

— Sauf les jours de fête à Tomintoul où je me force un peu.

— Rien que pour vous nourrir, il faut de jolis revenus !

L'Ecossais eut un bon rire.

— J'ai tout ce dont j'ai besoin. Ne vous tracassez pas, Patricia, si vous venez avec moi à Tomintoul, vous ne manquerez de rien.

Il y avait une telle assurance en lui que miss Potter se reprit à rêver, oubliant le présent sordide :

— Parlez-moi de Tomintoul ?

Il réfléchit un moment, puis, tout penaud, déclara :

— C'est drôle... je peux pas.

— Pourquoi ?

— Parce qu'on sait pas parler de ce qu'on

88

aime. Tenez, quand je retournerai chez moi et que je dirai aux copains : j'ai rencontré la plus belle fille de Londres, ils me croiront pas, naturellement, et ils me diront, en rigolant : comment qu'elle est cette fille ? Et moi, je me rends bien compte à présent que je ne serai pas capable de leur répondre... parce que je trouverai pas les mots... Vous comprenez ?

— Pas très bien.

— Tenez, le pasteur quand il parle du Seigneur... Il pense jamais à le décrire... Le Seigneur l'habite tout entier et ça lui suffit et si on l'interrogeait sur le Seigneur, je veux dire sur son aspect physique, lui non plus il saurait pas quoi répondre... Moi, tout ce que je raconterai aux copains, c'est : elle s'appelle Patricia et ça suffit comme ça. S'ils ricanent, je casserai la figure à un ou deux et alors, les autres me croiront parce qu'ils me connaissent et ils savent que je cogne jamais sans vraie raison.

Il demeura un instant silencieux, puis :

— Tomintoul, c'est des collines et des rochers... des moutons... des tas de moutons... des ruisseaux avec une eau toujours glacée... et un grand vent qui rabote le pays d'un bout de l'année à l'autre bout... et le plaisir de marcher tout seul dans ce sacré vent... c'est ça Tomintoul...

Et timidement, il ajouta :

— Vous croyez pas que vous vous y plairiez ?

— Si...

Elle était sincère.

— ... mais, ce n'est pas possible.

— Vous avez peur, hein ?

— Oui.

— De Duncan ?

— Oui.

— Il y a pas de raison puisque je suis là.

— Mon pauvre Malcolm...

Tout de suite en entrant dans le bureau de

89

Duncan, Dewitt montra sa mauvaise humeur.

— Vous ne pourriez vraiment me laisser tranquille un soir par semaine ?

— Le patron a téléphoné.

— Et alors ? moi, les types qui se cachent, ils me dégoûtent !

Jack examina longuement son adjoint.

— Peter, j'ignore ce que vous avez ces temps-ci, mais vous suivez un chemin dangereux... Vous n'êtes pas fatigué de vivre, je suppose ?

— Pour quelle raison me posez-vous cette question ?

— Parce que si le patron apprenait votre état d'esprit à son endroit, je ne donnerais pas cher de votre peau.

— Et peut-être qu'à l'occasion, c'est vous qui me supprimeriez ?

— Pourquoi pas ?

Dewitt ricana :

— Vous ne pensez pas que je suis de taille à me défendre ?

— Non... Dewitt. Vous êtes un tueur, rien d'autre qu'un tueur. Mettez-vous bien ça dans la tête ! Et il n'y a rien de moins intelligent qu'un tueur... Alors, obéissez et taisez-vous, vous n'êtes pas capable d'autre chose.

Peter, crispé, râla :

— Salaud !

Posément, Duncan le frappa du revers de la main, sur la bouche.

— Pour vous apprendre à respecter vos supérieurs, Dewitt.

— Je vous jure que...

— Cela suffit ! L'incident est clos, mais je vous rappelle que c'est le second en vingt-quatre heures. Il n'y en aura pas de troisième, et maintenant, écoutez-moi : le patron m'a téléphoné. Dix kilos d'héroïne pure attendent au port qu'on vienne les y chercher.

— Dix kilos !

— Le plus bel envoi depuis longtemps et une jolie fortune à réaliser, même en partageant... seulement, c'est dangereux. Celui qui se laisserait prendre avec cette quantité de drogue pourrait dire adieu à sa liberté jusqu'à la fin de ses jours...

— Je m'en doute.

— Le patron souhaiterait qu'on se dépêche.

— Il n'a qu'à y aller lui-même !

— Vous recommencez Dewitt ? D'ailleurs, ce que vous dites est stupide, car s'il s'occupait de l'affaire, nous n'aurions droit à rien.

— D'accord, mais ne comptez pas sur moi !

— Je sais... Vous et moi sommes trop surveillés par les flics... Par contre, si nous trouvions le pigeon susceptible de nous rendre ce service, vous pourriez assurer sa protection et... sa surveillance ?

— Bien entendu.

— Car il serait dommage que notre homme prît la fantaisie de garder le tout pour lui. Malheureusement, dans tout le Royaume-Uni, il y a des types assez malhonnêtes pour ne pas respecter les règles et qui achèteraient cette marchandise sans se préoccuper de sa provenance.

Dewitt approuva :

— Il n'y a plus de moralité.

Patricia ne prenait pas garde au temps qui coulait. Les propos maladroits de l'Ecossais lui rappelaient ses premiers soupirants de la campagne galloise : la même émotion, la même maladresse, la même sincérité, la même incompréhension du monde. Seulement, elle aussi, à cette époque, ignorait la vie et ses impératifs. Aujourd'hui, il en était autrement. A travers la voix de Malcolm, elle écoutait un Dafydd, un Aneurin, un Gwilym, un Owain...

Pendant que McNamara chantait les charmes de Tomintoul, la jeune femme, les yeux embués de larmes, revoyait sa campagne galloise et les hivers et les printemps qu'elle s'imaginait alors ne devoir jamais finir. Ce fut en relevant la tête pour sourire à son compagnon que Patricia remarqua les hommes de Duncan. Le visage de Thornton lui rappela quelqu'un entrevu près de Jack et aux mines des deux autres, elle devina qu'il s'agissait là de ceux chargés de dépouiller l'Ecossais. Alors, quelque chose en elle se révolta. Elle n'admettait plus que pour récompenser ce garçon de sa tendresse si naïvement exprimée, elle le conduise entre les mains de ses tueurs. Mais comment s'y prendre sans se compromettre aux yeux de ceux qui ne manqueraient pas d'adresser un rapport à Jack ? Affolée, Patricia essayait de trouver un moyen. Vainement. Sur ce, Jim la Chouette annonça :

— Gentlemen, il est l'heure...

Dociles, les clients sortirent. Le trio s'en fut se poster dans Clement's Lane où, sous prétexte de marcher un peu après le dîner, miss Potter devait conduire l'Ecossais. Patricia fit traîner les choses en longueur autant qu'elle le put, mais il fallut bien finir par vider les lieux. Semblable à une condamnée voulant profiter des ultimes minutes qui lui restent, elle couvrit d'éloges Jim la Chouette pour la succulence de son repas et le vieux Jim, peu habitué à une pareille amabilité de la part de ses rudes habitués du Marché aux poissons, prenait des mines de rosière complimentée par la municipalité. Ne voulant pas être en reste, il souhaita un grand bonheur à ce couple sympathique et, clignant de l'œil en homme qui ne prend pas des vessies pour des lanternes, il termina en déclarant à miss Potter :

— Vous n'avez pas à vous tracasser, madame, pour votre mari... J'en ai rarement vu d'aussi belle qualité et avec un pareil appétit et rien qu'à la manière dont il vous admire, on devine qu'il y a pas plus amoureux que lui ! Si vous voulez mon avis, madame, vous avez une sacrée chance tous les deux et je souhaite que le baby,

92

il soit aussi beau que son papa et sa maman...

Et comme Jim la Chouette aimait la plaisanterie, il ajouta :

— ...mais un peu moins affamé que son papa tout de même, parce que pas une famille dans tout le Royaume-Uni n'aurait les moyens de calmer tous les jours deux appétits pareils !

Et il éclata de rire, imité par Malcolm, tandis que Patricia, la gorge serrée, en voulait au patron du *Old Captain* de lui parler d'un monde où elle ne pouvait plus entrer.

Sur le seuil, l'Ecossais passa son bras sous celui de sa compagne et murmura :

— Vous voyez bien, darling, que vous devez venir à Tomintoul ?

Pour toute réponse, la jeune femme appuya sa tête sur le bras de McNamara (son épaule étant trop haute) et pleura un bon coup pour se détendre. Il la laissa sangloter un moment avant de demander doucement :

— Vous pleurez pas pour rien ?

— Disons que c'est la perspective de notre prochaine séparation... Vous repartirez à Tomintoul... et moi, je retournerai à ce que je déteste... A cause de vous, je serai encore plus malheureuse qu'avant...

— Accompagnez-moi ?

— Ce n'est pas possible, Malcolm... Je ne tiens pas à ce qu'il vous arrive malheur...

— Vous pensez pour de bon à ce que vous dites là ?

— Je vous le jure !

Il la serra plus fortement contre lui et affirma :

— Alors, vous faites pas de bile : on se reverra, petite...

Maintenant, Patricia était décidée à encourir les représailles de Duncan, mais elle ne mènerait pas son compagnon dans Clement's Lane. Après tout, Jack pouvait bien la tuer, pour ce que la vie lui réservait désormais... Mais, au moment où elle allait proposer de prendre un taxi, l'Ecossais s'enquit :

— Si vous êtes pas trop fatiguée, darling, j'aimerais marcher un peu avec vous... Londres la nuit, c'est quand même quelque chose, non ?

Et sans attendre sa réponse, il l'entraîna. Patricia ne résista pas. Fataliste, elle ne se sentait plus la force de réagir et quand Malcolm tourna dans Clement's Lane, elle y vit la marque d'un destin qu'il n'était plus en son pouvoir de contrecarrer. Incapable de prononcer un mot, elle avançait dans un état de demi-hébétude. Pourtant, parce que tout en elle se tenait aux aguets, elle devina plus qu'elle ne les vit les trois ombres qui, à cent cinquante mètres devant elle, se dissimulaient dans l'entrée d'un immeuble. Elle s'arrêta pile. Surpris, McNamara lui demanda ce qu'elle avait.

— Qu'est-ce que vous traînez avec vous dans ce sac qui ne vous quitte pas, Malcolm ?

— Mon bag-pipe.

— ... dont vous jouez à Tomintoul pour honorer celle que vous aimez ?

— Exactement.

Une idée traversa l'esprit de miss Potter et qui l'amusa, malgré son angoisse.

— Alors, vous ne devez pas être sincère quand vous prétendez tenir à moi puisque vous ne m'avez pas encore offert un concert ?

— Sans blague, vous voulez ?

— Je vous en prie !...

Sans plus hésiter, McNamara sortit son bagpipe et entonna *O'er the Isles to America*.

Dans la nuit londonienne, les notes nasillardes suscitaient de longs échos et la jeune femme sourit en songeant à la tête des tueurs que ce concert inattendu devait plonger dans le plus complet désarroi. Bientôt, des fenêtres s'ouvrirent, des vociférations éclatèrent, des injures se mirent à tomber, mais l'Ecossais n'en avait cure et souf-

94

flait de plus belle. Après *O'er the Isles to America*, il enchaîna sur *Lochaber no more* qui déchaîna un véritable houvari de la part des habitants du quartier. Les hommes de Duncan n'osaient pas se jeter sur le couple en présence de tant de témoins et c'était exactement ce que souhaitait Patricia. Une voiture de police arriva alors que Malcolm terminait son concert improvisé sur le solennel *King George V's army*.

En apprenant de la bouche de Thornton ce qui s'était passé dans Clement's Lane, Duncan piqua une véritable crise de fureur tandis que Dewitt, bien que déçu d'être frustré d'une bonne affaire, s'amusait de la colère de son chef. Sûr de sa bonne foi, Thornton se défendait :

— Mais, patron, c'est quand même pas notre faute ! On a suivi vos ordres point par point ! On a attendu que Jim la Chouette annonce la fermeture pour se tirer, laissant derrière nous miss Potter et le gros pigeon... même que ça nous gênait un peu, pour vous rien cacher, de le démolir ce type...

— Tiens, tiens ?

— C'est vrai patron... On le trouvait sympa... Si vous aviez vu ce qu'il a bouffé, c'est pas croyable ! Et avec ça, il se marrait sans arrêt... Comme je vous le dis, patron, si on n'avait pas su qu'il portait un beau paquet sur lui, je crois bien que Backie, Jim et moi on aurait hésité, tellement on le trouvait sympa cet Ecossais !

Duncan ricana :

— Décidément, ce garçon a le don de susciter la sympathie ! Continuez !

— Donc, on sort et, comme convenu, on va se planquer dans Clement's Lane... On attend un moment et puis on voit miss Potter qui s'amène avec le gars... tout se déroulait comme prévu, quoi... et puis brusquement, voilà-t-il pas que ce

95

grand imbécile sort un bag-pipe et se met à donner un concert au beau milieu de la rue à une heure pareille !

— Et miss Potter, que faisait-elle pendant ce temps-là ?

— Et que vouliez-vous qu'elle fît ? Elle devait attendre que son Ecossais ait terminé, parce quand il a quelque chose dans la tête, celui-là, ça doit pas être commode de l'amener à changer d'avis !

— Après ?

— Ben, après, il est arrivé ce qui devait arriver : tout le quartier s'est quasiment mis en révolution, on gueulait de toutes les fenêtres, un vrai spectacle ! C'était pas le moment de se pointer ou alors, autant se livrer à une agression sur la scène d'un théâtre ! On a patienté, espérant que lorsque le type serait fatigué, on pourrait le coincer plus loin, mais les flics ont rappliqué et ils ont embarqué l'Ecossais et miss Potter... Voilà.

Le poste de police de Cannon Street devait garder longtemps le souvenir de la nuit que Malcolm McNamara et miss Potter passèrent parmi les policemen. Pourtant, tout avait assez mal commencé et le sergent Brian Follright qui souffrait de rhumatisme à la jambe droite, avait accueilli les auteurs du tapage nocturne en témoignant de la hargne la plus agressive. Quand l'Ecossais et Patricia, qui s'étaient laissé emmener sans opposer la moindre résistance aux représentant de l'ordre, furent conduits devant Follright, ils souriaient d'un bon sourire qui exaspéra le sergent. Visiblement, Malcolm trouvait l'aventure plaisante et la jeune femme était heureuse d'avoir sauvé son compagnon du sort que lui réservaient les hommes de Duncan. Quand ils eurent l'un et l'autre décliné leurs noms, prénoms et qualités, Follright explosa :

— Et alors ? A quoi ça rime, ce boucan ? Où

est-ce que vous vous croyez ? D'abord, où est-ce, ce patelin... Tomintoul ?

— En Ecosse, dans le comté de Banff.

— Et vous ne pouviez pas y rester ?

— Je suis venu acheter des tondeuses pour mes moutons.

— En pleine nuit ? A Clement's Lane ? en jouant du bag-pipe ? Vous savez ce que ça coûte à Tomintoul de se payer la tête d'un sergent de la police londonienne ?

Patricia se mêla à la conversation.

— Excusez-moi, sergent, mais je pense qu'il y a un malentendu...

— S'il y avait un malentendu, miss, il serait de l'intérêt de votre compagnon de le dissiper au plus tôt !

Faussement amer, McNamara remarqua :

— Je vois bien que vous avez un parti pris contre l'Ecosse et les Ecossais, sergent !

Le policier se leva, très roide.

— Pour cette réflexion, si je n'étais pas dans la police de Sa Majesté et bien que vous soyez beaucoup plus jeune que moi, et que vous pesiez au moins vingt kilos de plus que moi, je vous collerais mon poing dans la figure ! Sachez que je suis allé chercher ma femme Elspeth Follright à Inverness et que si la mort ne me l'avait pas enlevée, j'aurais pris ma retraite à Beauly !

Sans répondre, McNamara prit son bag-pipe, le monta et le sergent, ahuri, demanda :

— Vous êtes fou ou quoi ?

Avant d'emboucher son instrument, l'Ecossais annonça :

— En l'honneur et à la mémoire d'Elspeth Follright qui fut la plus jolie fille d'Inverness !

Et, incontinent, il entonna *Jenny Dang the weawer*. D'abord stupéfait, le sergent, bientôt ému, écrasa une larme tandis que tous les policemen présents se figeaient au garde-à-vous en hommage

97

à la disparue. Lorsque l'Ecossais eut terminé, Follright lui tendit la main :

— Merci, sir... Et maintenant, confiez-moi pour quelles raisons vous avez cru bon de donner un concert dans Clement's Lane à une heure où tous les honnêtes citoyens ont droit au repos ?

Malcolm montra Patricia.

— Parce que je l'aime.

Visiblement, le sergent ne saisissait pas la relation entre le tapage nocturne et la tendresse avouée de l'Ecossais pour sa compagne qui rougissait de confusion.

— Expliquez-moi ça ?

— Chez nous, à Tomintoul, quand une fille vous plaît, il faut qu'on le fasse savoir à tout le monde et pour ça, on se sert du bag-pipe. Lorsqu'un type est en train de travailler et que, brusquement, il entend résonner le bag-pipe, il se dit : « Tiens, voilà un amoureux. » Alors, il abandonne sa tâche pour voir de qui il s'agit et il en aperçoit un qui suit une fille, laquelle fait semblant ni d'entendre ni de s'apercevoir de quoi que ce soit. Si elle est pas d'accord, elle ordonne au garçon de lui ficher la paix et de filer jouer ailleurs. Au contraire, si elle lui permet de la suivre, elle s'engage devant tous... Je ne me suis plus souvenu que je me trouvais à Londres.

Le sergent soupira :

— Si vous y viviez comme moi depuis près de cinquante ans, vous ne pourriez pas vous offrir le luxe de l'oublier ! Vous resterez avec nous jusqu'à ce que le jour ait le courage de revenir éclairer cette sacrée saloperie de ville... Asseyez-vous dans un coin, tous les deux... Dites-nous des choses gentilles et idiotes, plus tard, vous repenserez à cette nuit avec attendrissement et avec sympathie, et à la vieille bête de sergent qui vous aura retenus au poste.

Il y avait déjà un bon moment que Thornton

était reparti, lorsque Dewitt que le mutisme de Jack énervait, remarqua :

— Une bonne affaire qui nous passe sous le nez !

— On ne peut rien contre le hasard.

— Si.

Duncan fixa son acolyte.

— Vous avez une méthode, Peter ?

Dewitt sortit son pistolet.

— Avec ça, pas de hasard qui tienne. Je suis l'Ecossais cette nuit et je le descends à l'endroit le plus favorable, je prends les cinq mille livres et nous n'avons de pourcentage à donner à personne.

— Il se pourrait même que vous filiez avec, n'est-ce pas ?

— Je ne vous permets pas de... !

— Vous n'avez rien à me permettre ou à ne pas me permettre, Peter. Je suis las de vous le rappeler. Vos initiatives sont immanquablement stupides. La police sait que ce McNamara fréquente le *Palmier d'Hawaï*. Elle nous a déjà assez à l'œil. Son premier soin serait de venir chez nous.

— Et alors ?

— Et alors, ils seraient un peu plus collés à nos chausses au moment même où nous avons besoin qu'on nous laisse tranquilles.

Dewit haussa les épaules.

— Si cinq mille livres ne vous intéressent pas...

— Cinq mille livres ne m'intéressent pas quand je peux en gagner bien plus.

— Comprends pas ?

— Dewitt, je ne sais pas si c'est le Ciel ou l'Enfer qui nous a envoyé cet Ecossais, mais je suis certain que c'est quelqu'un à qui nous sommes sympathiques.

— Parce que ?

— Parce que si nous nous y prenons bien, c'est ce joueur de bag-pipe qui ira chercher l'héroïne et nous la rapportera au nez et à la barbe des gentlemen de Scotland Yard.

Ni Malcolm ni Patricia n'avaient envie de dormir. Les doigts emmêlés, ils se sentaient seuls, se souciant peu des policemen qui, de leur côté, ne s'intéressaient plus à eux. Miss Potter s'imaginait qu'elle avait définitivement rompu avec le milieu des Duncan, des Dewitt, qu'elle vivait dans un autre univers et que son grand bêta d'Ecossais ne lui lâcherait plus jamais la main. Lui, il parlait de Tomintoul. A se demander s'il était capable d'avoir un autre sujet de conversation.

— C'est pas possible, *darling*, que vous préfériez rester dans cette ville où on a du mal à respirer, hein ? Je dis pas, bien sûr, qu'il y a beaucoup de distractions à Tomintoul, mais quand on s'est bien promené, on n'a guère envie d'autre chose que de dormir et puis rien n'est jamais pareil... Je suis pas très capable d'expliquer, n'est-ce pas... Faudrait que vous vous rendiez compte sur place.

— Alors, tout ce qui s'est passé avant notre rencontre, ça vous est égal ?

— C'est pas ça... seulement, ça me regarde pas... C'est une autre Patricia que j'emmènerais si vous acceptiez.

Elle secoua la tête.

— Ce ne serait pas loyal de ma part...

Elle chuchota et un des policemen qui, par hasard, les regardait, sourit, persuadé qu'elle lui parlait d'amour et cela lui rappelait son jeune temps. Nous sommes tous aussi bêtes les uns que les autres.

— C'est difficile d'échapper au milieu où je vis, Malcolm... Je suis au courant de trop de choses... Ils ne me laisseraient pas les quitter.

— Qui ?

— Duncan... Dewitt... et plus encore celui qui les commande et que je ne connais pas, mais qui me connaît sûrement, lui.

McNamara fit jouer ses muscles.

— Ceux-là, je leur conseille de se tenir tranquilles !

Pat sourit, émue.

— Pauvre Malcolm, votre force ne servirait à rien... Ils vous tueraient par-derrière, selon leur habitude...

— Vous croyez ?

— J'en suis sûre, hélas...

— Pardonnez-moi, *darling*, mais on ne tue pas les gens sans raison, tout de même ?

— Mon départ avec vous serait une raison. Ils auraient peur que j'aille tout raconter à la police !

— Mais raconter quoi ?

Enervée par l'incompréhension de ce naïf, miss Potter oublia les vertus du silence.

— Que le *Palmier d'Hawaï* est le centre de la drogue à Soho !

— La drogue ?

— La morphine, l'héroïne et toutes ces saletés qui rapportent des fortunes à ceux qui les vendent et qui finissent par tuer ceux qui en usent.

— D'accord, mais, si vous leur promettiez de vous taire ?

— Ils prétendent qu'il n'y a que les morts qui se taisent.

— Moi, je peux pas m'empêcher de penser que ce sont des phrases en l'air. Votre Duncan et votre Dewitt, ils jouent les gros-bras comme ça, histoire de vous flanquer la frousse, mais au fond, ils seraient peut-être pas seulement capables de tordre le cou à un poulet ! Non, pour moi, *darling*, ce sont des histoires que vous inventez pour pas me causer peine.

— Vous peiner ?

— En m'avouant que je vous intéresse pas !

Bouleversée, Patricia se décida.

— Ecoutez-moi, Malcolm, je vous jure que si je le pouvais, je partirais avec vous. Mais je ne veux pas qu'il vous arrive malheur à cause de moi. Vous ignorez ce dont ces hommes sont capables.

Je vais vous confier quelque chose que je vous supplie d'oublier, car s'ils se doutaient que je vous en ai parlé, ils me condamneraient à mort. Un jour, il y a quelques mois, un inspecteur du Yard a failli découvrir le pot aux roses... Une pauvre gosse qui se droguait. Il est allé la rejoindre chez elle, mais Duncan, averti, a envoyé Dewitt, et Peter les a tués tous les deux, la jeune fille et le policier. Duncan craignait que par la petite — Janet Bunhill — l'homme du Yard n'ait la preuve qu'il était dans le coup.

L'Ecossais semblait prendre subitement conscience de l'existence d'un monde à la réalité duquel il n'ajoutait pas foi jusqu'ici.

— Alors... c'est comme dans les romans policiers ?

— L'inspecteur s'appelait Geoffrey Pollard... Si vous souhaitez des détails, vous n'avez qu'à entrer dans le premier journal de Fleet Street et consulter la collection... Vous êtes convaincu, maintenant, qu'il est préférable pour vous de cesser de me voir et de vous dépêcher de regagner Tomintoul et vos moutons ?

— Chez nous, *darling*, quand une fille a des ennuis, on la laisse pas tomber.

— Mais, tête de mule, comprenez donc...

— Je comprends que vous êtes dans le pétrin et que je dois vous en sortir. Ce policier et cette jeune fille dont vous m'avez parlé, je regrette bien pour eux, mais c'est fini et ça me regarde pas. Vous, c'est pas la même chose... Je vous emmènerai à Tomintoul.

— Voilà... pour tout vous expliquer, on a eu des ennuis...

Debout, au milieu du bureau de Duncan où il avait raccompagné Patricia au début de la matinée, McNamara, empêtré, tentait de raconter son aventure à Jack et à Dewitt qui, pas rasés, l'œil fatigué, le regardaient sans mot dire. Dès qu'elle

102

était arrivée, le patron du *Palmier d'Hawaï* avait expédié Patricia chez elle, se contentant de dire :

— On verra plus tard.

Terrorisée comme chaque fois qu'elle se trouvait en présence de Jack, elle s'était contentée d'adresser un pauvre sourire à son Ecossais avant de disparaître. Malcolm termina tant bien que mal le récit de son odyssée nocturne et se tut. Après un court silence, Duncan déclara :

— Vous avez de la chance, McNamara.

— De la chance ?

— ... Qu'un témoin m'ait confirmé votre embarquement par les flics. Miss Potter semble vous plaire beaucoup ?

— Beaucoup.

— Vous êtes au courant qu'elle est pratiquement ma femme ?

— Oui.

— Et ça ne vous gêne pas ?

— Si.

— Tout de même ?

— Parce que ça me plairait de l'emmener à Tomintoul et de l'épouser.

Jack ne répondit pas tout de suite et Dewitt qui le connaissait bien, devinait à sa seule façon de respirer qu'il se maîtrisait à grand-peine.

— Vous trouveriez naturel qu'elle me laisse tomber ?

— Je vous dédommagerais, mon vieux.

— Vous êtes donc si riche ?

— Je suis à mon aise.

— Ecoutez, McNamara... pour ne rien vous cacher, Patricia et moi, ça ne colle plus depuis un certain temps déjà et... ma foi, si elle désirait refaire sa vie avec un type dans votre genre... peut-être me résignerais-je... Seulement, elle m'a coûté très cher, Patricia, pour la lancer...

— Si vous me demandez pas trop ?

— C'est un service dont j'ai besoin... un très

grand service et... assez dangereux pour ne rien vous cacher.

— Ah ?... Dangereux au point de... ?

— Oui.

L'Ecossais parut hésiter.

— Et si je vous le rendais ce service, vous laisseriez partir miss Potter ?

— Vous avez ma parole.

— Alors, c'est dit. Qu'est-ce qu'il faut que je fasse, mon vieux ?

— Revenez me voir ce soir vers dix heures, nous parlerons de tout cela.

Quand ils furent assurés que McNamara était parti, Dewitt — comme extasié — affirma :

— Ce n'est pas vrai qu'il puisse en exister encore des comme ça !

— On voit bien, Peter, que vous n'avez jamais été amoureux.

— Sûrement pas au point de croire en votre parole, Jack.

— C'est bien ce que je voulais dire.

CHAPITRE IV

Patricia avait mal dormi durant la matinée où elle s'était couchée pour réparer ses forces quelque peu amoindries par son séjour nocturne au poste de police. Dès qu'elle fermait les yeux, elle se trouvait dans des paysages d'Ecosse et elle se voyait vêtu de tweed, chaussée de bottes et s'efforçant de suivre Malcolm qui l'entraînait sur les collines pour lui « montrer » le vent de son pays. Malcolm... Elle ne se dissimulait pas qu'elle aimait le grand Ecossais, mais elle savait aussi qu'elle ne serait pas sa femme, car Jack ne lui permettrait jamais de s'échapper. Pauvre Malcolm, s'imaginant qu'il était possible de tout régler à coups de poing, à Londres comme à Tomintoul... En songeant à l'avenir qui lui était refusé, la jeune femme évoquait en contrepoids celui que sa présence forcée auprès de Duncan lui promettait. Une vague de dégoût la soulevait et elle envisageait sérieusement de mourir, tant il lui semblait impossible de continuer à mener l'existence qu'elle vivait, maintenant qu'elle avait rencontré McNamara. Elle finit par s'endormir, mais d'un sommeil lourd où Malcolm, à la tête des clans écossais, envahissait Soho pour la délivrer. Elle se réveilla dans un cri au moment où son amoureux, au plus fort de la bataille, empoignait Duncan à la gorge et levait sur lui sa claymore [1].

Duncan se tenait debout près de son lit et la fixait, intrigué.

— C'est... c'est vous ?

— Un sommeil plutôt agité, ma chère ?

— Cette nuit de poste m'a brisée.

— Vous m'en voyez navré... mais ne vous en prenez qu'à vous-même.

— Pourquoi ?

— Si vous vous étiez conduite de façon plus intelligente, vous auriez empêché votre chevalier servant de se livrer à ses excentricités !

— Malcolm n'est pas facile à manier !

— Malcolm... hein ?

— Je veux dire...

— Je comprends très bien ce que vous dites, Patricia. Il vous plaît beaucoup ce garçon, n'est-ce pas ?

Alors, tout d'un coup, miss Potter en eut assez de toujours trembler, de toujours se soumettre. Elle regarda Jack bien en face.

— Très.

— Et... c'est peut-être pour cela que vous n'avez rien tenté pour le débarrasser de son argent ?

— Je ne suis pas une voleuse !

— Ce que vous êtes, ce que vous devez être, c'est à moi seul d'en décider.

— Et de quel droit ?

Il sourit, faussement gentil.

— Tenez-vous tant que cela à ce que je vous l'explique ?

— Non.

— Tant mieux... Vous redevenez raisonnable... Sans doute vos nerfs... De quoi avez-vous parlé

(1) Epée écossaise à deux tranchants et lame large.

tout au long de cette nuit parmi les gentlemen de la police ?

— De son pays.

— Bien sûr... Sans doute a-t-on rêvé d'une existence recommencée ?...

Il rit.

— Franchement, Patricia, je ne vous vois pas en gardeuse de moutons ! Heureusement que je suis là pour vous empêcher de commettre des sottises qui risqueraient de gâcher votre vie.

— Elle ne saurait être plus gâchée qu'elle ne l'est.

— Seriez-vous ingrate, Patricia ? Vous possédez des robes, des bijoux... vous avez de l'argent et vous connaissez le succès. Que désirez-vous de plus ?

— Respirer l'air pur et sortir de cette puanteur !

— Attention, Pat... A votre place, je mesurerais mes paroles... Je suis très patient ce matin, mais tout de même, n'exagérez pas !

— Jack...

— Oui ?

— Laissez-moi partir !

— Où ça ?

— En Écosse.

— Ma chère, vous perdez la raison, je pense ? Oubliez-vous que je vous aime ?

— A quoi bon mentir ? Vous ne m'aimez pas, et moi je vous déteste !

— C'est très vilain de mentir, ma chère ! Et si vous me permettez cette facilité, je vous dirai que je ne déteste pas qu'on me déteste... Cela donne du piment à notre union, vous ne trouvez pas ? Voyez Dewitt... Il me hait. Cela m'amuse. Il ne rêve que de me tuer et il sait que je le sais... Ainsi notre association ne sombre pas dans la monotonie...

— Un jour, vous oublierez de vous garder...

— N'y comptez pas, darling. J'ai été à rude école... Pour en revenir à votre Ecossais, il a bien

107

de la chance que j'aie encore besoin de lui, sans ça...

— Sans ça ?

— Sans ça, il serait déjà en train de comparer la fraîcheur des eaux de la Tamise et celle des collines de son pays.

— Vous n'oseriez quand même pas tuer ce malheureux, uniquement parce qu'il est honnête et naïf ?

— Bien sûr que non, mais parce qu'il a jeté les yeux sur vous, ma chère, et je ne le lui pardonne pas. J'ai la faiblesse de tenir à ce que je possède. Dommage que son admiration ne vous ait pas laissée insensible, car alors, j'aurais pu me contenter de lui faire infliger une raclée, afin de lui apprendre les bonnes manières. En somme, voyez comme la vie est bizarre, s'il lui arrive quelque chose de vraiment fâcheux, c'est à vous qu'il le devra...

— Je ne vous le permettrai pas !

— Ce qui me plaît en vous, Patricia, c'est cette spontanéité de petite fille qui ne se préoccupe point des contingences... Quand j'étais à Oxford... eh ! oui, ma chère, j'ai été à Oxford un étudiant assez peu remarqué du reste, au Magdalena College, avant d'en être chassé pour une vétille... on nous enseignait à toujours faire le tour des problèmes se posant à nous avant de se décider pour telle ou telle solution. Il est dommage que vous ne soyez pas passée par Oxford...

— Votre exemple m'ôte tout regret !

— J'aime votre esprit de répartie, Patricia, cependant, si vous ne deviez pas chanter ce soir, je vous apprendrais que toute insolence se paie... mais le public pourrait se choquer de vous voir le visage marqué.

De nouveau, elle avait peur et le sang-froid ironique de Duncan l'effrayait plus que n'importe quelle violence. Pourtant, parce qu'elle aimait Malcolm, elle insita :

— Quel service demanderez-vous à l'Ecossais ?

— Vous vous inquiétez beaucoup pour lui ?...
beaucoup trop... mais je ne veux pas que vous
vous imaginiez des choses impossibles... Simplement, il ira chercher un paquet que je ne puis
aller chercher moi-même.

— Et qu'y aura-t-il dans ce paquet ?

— La curiosité est un vilain défaut.

— De la drogue ?

L'allure et le ton de Duncan changèrent brusquement.

— Assez !... Ne collez pas votre nez dans ces
histoires, Patricia, c'est un conseil que vous sui-
vrez si vous tenez à votre visage ou à votre vie !

— Comme Geoffrey Pollard et Janet Bunhill ?

Il y eut un court silence pendant lequel Patricia
prit nettement conscience de l'effort que s'imposait
Duncan pour ne pas la frapper. Enfin, d'une voix
sourde, l'homme précisa :

— Maintenant, vous pouvez être certaine que
vous ne me quitterez jamais, ma chère.

— Sauf quand on vous mènera à la potence !

— Si ce moment devait arriver, je suis persuadé
que vous ne seriez plus là pour vous en réjouir...
et maintenant que nous nous sommes expliqués,
reposez-vous afin d'être brillante, ce soir... Au
revoir, ma chère...

Au moment de sortir, il se retourna pour lui
sourire et remarquer :

— Vraiment dommage que la musique du bag-
pipe vous trouble à ce point-là...

Depuis qu'il avait appris l'échec du guet-apens
monté contre l'Ecossais, son client, Sam Bloom
était tombé dans une neurasthénie profonde qu'il
essayait vainement de combattre en buvant du
whisky. Bloom croyait aux devinettes, tireuses
de cartes et autres pythonisses. Mrs. Osbreight
— une des plus réputées voyantes de Soho — lui
avait affirmé que son étoile entrait dans une ré-
gion des plus troubles de son ciel astral et qu'il

109

montrerait de la sagesse en s'armant de philosophie pour résister aux coups que le sort s'apprêtait à lui assener. Sam avait hérité de la religion hébraïque la croyance en un Dieu vengeur, dont il n'était pas recommandé de transgresser la loi, et bien qu'il fît profession d'athéisme, son sang charriait de vieilles histoires de malédiction. Depuis la mort de Geoffrey Pollard, de Janet Bunhill, il lui semblait que la colère du Seigneur s'approchait de lui et il en tremblait d'angoisse sans pouvoir — pour autant — puiser dans son angoisse même, le courage désespéré de changer son genre de vie. Le coup manqué contre l'Ecossais, coup indiqué par lui, lui paraissait s'inscrire dans la série des catastrophes le menaçant et dont il n'était peut-être que le prologue. Aussi, lorsqu'il vit entrer les inspecteurs Bliss et Martin, il s'attendit tout de suite aux pires ennuis.

Bliss et Martin ne s'étaient pas résignés, comme le Superintendant Boyland, à mettre la mort de leur camarade Pollard au compte des profits et perte du Yard. Autant que le leur permettaient les obligations de leur service, ils revenaient sans cesse à Soho, chasseurs obstinés. Ils savaient qu'entre le *New Fashionable* et le *Palmier d'Hawaï*, se cachait le meurtrier de leur collègue et celui-là, ils voulaient le tenir un moment entre leurs mains avant de le livrer à la justice de la Reine. Patiemment, ils suivaient toutes les pistes sans jamais se décourager. Ils avaient acquis la certitude que le patron de la drogue n'était ni Duncan, ni Dewitt, mais leurs renseignements n'allaient pas plus loin. Leurs indicateurs les avaient établis dans cette conviction, sans pouvoir leur fournir de précisions supplémentaires. Heureusement, rien n'était capable de les décourager. Ils chercheraient jusqu'à ce qu'ils aient trouvé.

Ce jour-là, Bliss et Martin estimèrent nécessaire une explication sérieuse avec Sam Bloom, car, de quelque côté que les inspecteurs se tour-

110

naient, ils rencontraient Sam Bloom. C'est au *New Fashionable* que logeait Pollard. C'est au *New Fashionable* que Janet Bunhill venait demander de la drogue. Enfin, c'est au *New Fashionable* que demeurait cet Ecossais, au sujet duquel les hommes du Yard ne parvenaient pas à fixer nettement leur opinion. Etait-ce un jobard que Patricia Potter menait par le bout du nez ou une crapule jouant les naïfs pour mieux duper tout le monde ?

Bliss et Martin s'approchèrent du bureau, rempart dérisoire derrière lequel le patron de l'hôtel se tassait.

— Salut, Bloom...

— Bonjour, gentlemen... Quel bon vent... ?

— Bon ? Nous n'en sommes pas tellement sûrs, hein, Martin ?

— Pas tellement sûrs, en effet, Bliss.

Sam commença à avaler difficilement sa salive. Bliss se pencha vers lui et, confidentiellement :

— Voyez-vous, Sam, Pollard était notre ami...

Bloom feignit l'étonnement.

— Pollard ?

— Ne faites pas l'imbécile, Bloom, ou ça va se gâter tout de suite ! Vous n'ignorez absolument pas que l'inspecteur Geoffrey Pollard était descendu chez vous sous le nom de Harry Carvil.

— Je vous affirme, gentlemen...

Un coup court et très sec dans l'estomac lui coupa le souffle tandis qu'impassible, Martin continuait :

— Vous ne lisez pas les journaux, Sam ? Dans le cas contraire, vous auriez reconnu votre client dans la photographie du cadavre de Pollard.

— Maintenant que vous me le dites...

— Ben, voyons !

— Mais j'étais si loin de penser que ce type d'aspect minable pût être un de vos collègues...

— Nous en sommes convaincus, Bloom, sans

111

cela, vous ne lui auriez pas proposé de lui fournir de la drogue.

— Moi ?

— Oui, vous. Pollard a eu le temps de nous mettre au courant.

— C'est une calomnie !

Cette fois, le poing de Bliss atteignit le patron sur le nez et Sam poussa un glapissement de douleur tandis que les larmes lui brouillaient la vue.

— Vous... vous n'avez pas le droit !

Bliss se tourna vers son collègue.

— Vous entendez, Martin ? Nous n'avons pas le droit. Qu'est-ce que vous en pensez ?

— Le droit de quoi, Bliss ?

— Je l'ignore. Le droit de quoi, Mr. Bloom ?

— De me frapper !

— Vous avez frappé notre hôte, Martin ?

— Moi ? Je ne me le permettrais pas, Bliss !

— Moi non plus !

Et ce disant, Bliss frappa de nouveau Sam qui roula au sol. Par-dessus le bureau, Martin l'attrapa et le remit sur ses pieds.

— Pas poli de nous quitter ainsi !

A moitié fou de terreur, le patron du *New Fashionable* bégaya :

— Mais... qu'est... qu'est-ce que... que vous me voulez ?

— Le nom de celui qui te ravitaille en drogue !

Très vite, Sam établit un bilan : les policiers pouvaient évidemment le faire souffrir, mais ils ne le tueraient pas, tandis que, s'il parlait, Duncan le tuerait. Résolu à se taire, il se résigna à encaisser les coups.

— Je ne comprends pas.

— Qu'à cela ne tienne, nous allons vous expliquer en détail !

Déjà, Bliss levait le bras pour cogner lorsqu'il se sentit emporté littéralement dans les airs et retomba brutalement contre le mur, où il s'assomma proprement. Médusé, Martin n'eut pas le temps d'esquiver le moindre geste de défense, le poing de McNamara l'atteignait au menton et le foudroyait. Les yeux exorbités, Sam Bloom regardait cette bataille-éclair et, loin de s'en réjouir, supputait ce que cela lui en coûterait. A l'Ecossais qui reprenait son souffle et lui souriait, attendant sans aucun doute des remerciements, il se contenta de dire :

— C'est du propre !

Ce fut au tour de Malcolm de marquer quelque étonnement.

— Eh bien ! mon vieux, vous êtes de drôles de corps à Londres ! Je vous débarrasse de deux gangsters et c'est tout ce que vous trouvez à me dire ?

— Mais, nom d'un chien, ce ne sont pas des gangsters !

Et, montrant les deux hommes hors de combat, il ajouta d'une voix piteuse :

— Les inspecteurs Bliss et Martin, de Scotland Yard.

— Bon Dieu ! je ne les avais pas reconnus !

— Feriez mieux de filer, si vous voulez mon avis !

— Et comment !

L'Ecossais disparut à grande vitesse. Bloom n'eut pas le temps de s'interroger sur l'attitude qu'il lui convenait de prendre pour atténuer les conséquences de la bagarre, car le constable Michaël Tornby pénétrait dans l'hôtel et de loin s'enquérait :

— Dites donc, Bloom, qu'est-ce qu'il lui prend de galoper comme un zèbre au type en kilt qui sort de chez vous ?

Mais Sam n'eut pas à répondre, car le policeman découvrait les corps des inspecteurs. Il demanda :

— Qu'est-ce qu'ils ont ?

— K. O.

— Et c'est vous qui ?...

113

Il y avait une intonation respectueuse dans la voix du policier.

— Non, l'Ecossais.

— Et pourquoi ?

— Il a cru à un hold-up.

— Et ce n'en était pas un ? Pourtant, vous avez la figure plutôt amochée, non ?

— Un simple interrogatoire.

— Vous êtes soûl, Bloom ?

Résigné, Sam, les indiquant successivement du doigt, annonça :

— L'inspecteur Bliss et l'inspecteur Martin, de Scotland Yard.

Malcolm McNamara se promenait dans Soho en se demandant où il irait déjeuner lorsqu'une voiture de police s'arrêta juste devant lui et trois policemen en jaillirent pour l'entourer :

— Vous êtes Malcolm McNamara ?

— Oui.

— Vous logez au *New Fashionable* ?

— Oui.

— On vous attend au Yard.

— Mais...

— On vous fournira toutes les explications nécessaires. Montez, sir.

Lorsque l'Ecossais entra dans le bureau de Bliss et de Martin, il vit d'abord Sam Bloom tassé sur une chaise et qui paraissait à bout de résistance. A l'apparition de McNamara, Martin s'écria :

— Tiens, voilà Ivanohé !

Puis, hargneux, il s'approcha de Malcolm :

— Dites donc, la montagne vivante, c'est votre sport de cogner sur les flics ?

— Ben, c'est-à-dire, n'est-ce pas, que je vous avais pas reconnu, mon vieux.

— Vraiment ?

— J'ai cru que c'était un hold-up.

114

— Parbleu ! Vous en avez souvent vu des truands qui ont notre gueule ?

— Ben... mon vieux, je fréquente pas les truands... et puis, la figure de Mr. Bloom... n'est-ce pas ? Il saignait du nez... Je savais pas qu'à Londres, les policiers ont le droit de cogner sur n'importe qui...

— Un gros malin, pas vrai ?

— Qui ça ?

— Vous !

— C'est pas ce qu'on raconte à Tomintoul... Làbas, ils chuchotent que j'ai plus de muscles que de cervelle.

— Ils chuchotent ça, hein ?

— Oui, parce qu'ils savent que si je les entendais, je leur casserais la figure, mon vieux.

Ecœuré, Martin se tourna vers son collègue.

— Qu'est-ce que vous en pensez, Bliss ?

L'autre haussa les épaules.

— Sans doute un cas rédhibitoire...

A son tour, il s'approcha de l'Ecossais.

— Vous commencez à nous embêter sérieusement, sir.

— Croyez que ça me fait de la peine, mon vieux.

— On vous a déjà conseillé de retourner à Tomintoul !

— Rassurez-vous : j'ai bien l'intention d'y retourner !

— Vous seriez formidablement inspiré de vous embarquer aujourd'hui même, parce que...

— Parce que ?

— Parce que la prochaine fois que nous nous rencontrons, ça pourrait tourner mal en ce qui vous concerne !

— Vous croyez ?

— J'en suis sûr... mon vieux !

Duncan, Dewitt et miss Potter prenaient le

115

thé lorsque le téléphone sonna. Dewitt s'en fut répondre. En revenant, il paraissait inquiet :

— Jack, c'est l'Ecossais...

Patricia releva vivement la tête. Duncan, qui l'observait, remarqua :

— Cela vous intéresse, Pat ? Qu'est-ce qu'il veut, Pete ?

— Il sort du Yard.

— Ah ?

Dewitt raconta l'histoire de McNamara avec les inspecteurs et conclut :

— Il commence à devenir un peu trop voyant, vous ne trouvez pas ?

— Non... Plus il commettra d'excentricités, moins on le soupçonnera...

— En êtes-vous sûr ?

— Puisqu'il l'ont relâché !

— Oui, mais ils ont gardé Sam.

Jack se leva vivement.

— Et vous ne le disiez pas tout de suite ? Ça, c'est autrement embêtant. Je n'ai aucune confiance en Bloom. Si ces gentlemen l'interrogent un peu... durement il ne tiendra pas le coup.

— Il ne sait pas grand-chose.

— Trop... Je crains fort, Peter, qu'il ne faille nous débarrasser de Sam Bloom.

— Il n'y aura qu'à choisir le moment.

Patricia gémit :

— Encore un meurtre...

Duncan répliqua sèchement :

— A votre place, je me tairais, ma chère !

— Sinon, je subirai le sort que vous réservez à Sam ?

— Pourquoi pas ? Peter, téléphonez à l'avocat. Dites-lui que j'arrive. Il n'y a que Bill Maurais qui soit capable de sortir Bloom de leurs griffes en douceur.

Demeurés en tête à tête, Dewitt et Patricia restèrent un long moment silencieux, puis, doucement, Peter demanda :

116

— Ça n'a pas l'air de marcher entre Jack et vous, en ce moment ?

— Pourquoi me posez-vous cette question, Peter ? Je ne vous ai jamais caché que je déteste Jack !

— Dans ce cas, pour quelles raisons ne fichez-vous pas le camp ?

— Parce que je suis lâche...

— Ce qui veut dire ?

— Que j'ai peur... Il me rattrapera où que j'aille !

— A moins qu'il ne soit mort ?

Elle le regarda longuement.

— C'est vous qui ?...

— Pourquoi pas ?

— J'en ai assez du sang, des meurtres... j'en ai assez, assez, assez !

A travers la table, il lui prit la main.

— Patricia, moi aussi, je suis fatigué de cette existence... Je vous aime et vous l'avez compris depuis longtemps... Partons ensemble ? Je vous jure que je vous assurerai une existence très confortable.

— Mais Jack ?

— Nous avons un vieux compte à régler, lui et moi.

— Je n'ai pas un penny à part mes bijoux et, vous-même...

— Nous filerons avec des milliers de livres !

— Où les prendrez-vous ?

Il baissa la voix.

— Ecoutez-moi, Patricia... Je vais vous montrer ma confiance en vous révélant mes plans... Si vous voulez me trahir, vous signerez mon arrêt de mort... mais sans votre approbation, je ne tenterai rien.

— Je vous écoute.

— Duncan vous a appris, je crois, que dix kilos d'héroïne sont arrivés... Il enverra l'Ecossais les chercher... Cela représente une fortune. Je serai

117

chargé de surveiller McNamara et le protéger au besoin. Si vous acceptez que nous fuyions ensemble, j'intercepterai l'Ecossais...

— Qu'entendez-vous par là, Peter ?

— Rassurez-vous... je lui ferai peur.

— Vous croyez, sincèrement, pouvoir lui faire peur ?

— Enfin, je m'arrangerai d'une manière ou d'une autre pour lui prendre son colis et ce sera la fortune !

— Et vous vous imaginez que Duncan...

— J'aurai réglé son compte à Duncan... Le plus à redouter, ce n'est pas Jack, mais l'autre...

— Quel autre ?

— Le grand patron... Si seulement je parvenais à découvrir son identité, je le donnerais aux flics et nous aurions le champ libre.

— Vous êtes un individu parfaitement ignoble, Peter...

— Patricia !

— Ignoble ! Et si je tente de m'échapper de cet enfer, ce ne sera sûrement pas en votre compagnie !

Rageur, il lança :

— Avec votre gardien de troupeau, peut-être ?

— Si mon gardien de troupeau apprenait ce que vous m'avez offert, il vous casserait en deux !

— Les hommes forts sont ceux que je tue avec le plus de plaisir, Patricia... Souvenez-vous-en !

Bliss et Martin avaient fini par relâcher Sam sur l'insistance de l'avocat Bill Maurais, un dévoyé intelligent qu'on tenait en mépris parmi ses confrères, mais dont chacun reconnaissait le savoir juridique et l'intelligence. Regagnant Soho, Bloom ruminait de sombres pensées. Il se doutait qu'en dépit de l'astuce de Bill Maurais, le Yard aurait désormais l'œil sur lui et que, tôt ou tard, on finirait par le faire choir dans un des pièges qu'on ne cesserait de lui tendre. Il connaissait

118

l'inlassable opiniâtreté de la police et se rendait parfaitement compte qu'il ne possédait aucune chance de lui échapper. Au fur et à mesure qu'il approchait de son quartier, Sam s'attendrissait sur lui-même. Il n'avait point d'amis. On le haïssait ou on le méprisait et c'est parce que nul ne voulait lui tendre la main qu'il avait renoncé à la boutique de son tailleur de papa pour entrer au service des trafiquants de drogue. Seulement, sa chétive personne, son air misérable, — hérité de générations de malheureux massacrés par ceux-ci ou ceux-là — la saleté où il se complaisait empêchèrent toujours ses chefs de lui confier autre chose que des rôles subalternes. Sam s'était résigné, mais il en souffrait profondément et ne rêvait que vengeances apocalyptiques.

Au *New Fashionable*, Edmund — toujours aussi fatigué, aussi désabusé, aussi résigné — accueillit son patron.

— Alors ? Ils vous ont relâché ?

— Et en quoi ça vous regarde ?

— Oh ! moi, vous savez, hein ? Ce que j'en dis, c'est manière de causer, mais au fond, je m'en fous complètement...

Sam eut un gloussement amer.

— Je connais votre dévouement, Edmund !

— Il correspond à mon salaire, patron !

— Grimpez donc dans les étages voir si j'y suis !

— C'est parce que je suis certain que vous y êtes pas, patron, que vais y grimper.

Malgré son insolence, en dépit de sa fainéantise, Bloom gardait Edmund à son service, d'abord parce qu'il ne le payait presque pas, ensuite parce qu'il était le seul qui fût encore plus minable que lui, le seul qu'il pouvait se donner le plaisir d'injurier et on ne supporte bien les avanies infligées par autrui que si on a licence de les répercuter sur quelqu'un.

Ayant regagné sa bauge derrière le bureau, le

119

patron du *New Fashionable* se mit à réfléchir sérieusement à son avenir. D'un côté, la police qui n'aurait de cesse qu'elle ne l'ait expédié en prison. De l'autre, ses ancêtres qui n'avaient dû de survivre qu'à une prémonition constante des malheurs les menaçant, Sam possédait une intuition des plus fines. La mort de Pollard, son hôte, la mort de Janet Bunhill, sa cliente, auraient justifié son arrestation devant n'importe quel jury. Si on le laissait en liberté, c'est que, par lui, les flics espéraient remonter jusqu'aux meneurs de jeu. Ceux-ci, en tombant, entraîneraient obligatoirement Bloom dans leur chute. Partant de cette conviction, Sam commença à se demander si son intérêt ne serait pas de risquer la grosse aventure et de marchander avec le Yard sa liberté, moyennant une trahison.

Ce soir-là, Patricia ne se montra pas sous son meilleur aspect. Sans être mauvaise, elle fut quelconque et les clients du *Palmier d'Hawaï* témoignèrent par un silence poli de leur désappointement. Si Jack Duncan n'avait été préoccupé par la grosse affaire en train et pour laquelle il avait reçu l'approbation de son patron, il se serait sérieusement fâché. Pourtant, Dewitt ne se fit pas faute de remarquer :

— Notre étoile n'est guère en forme... Sans doute son Ecossais...

Nerveux, Jack répliqua sèchement :

— Je vous serais bien obligé, Peter, de ne pas vous mêler de la vie privée de miss Potter. Elle ne regarde que moi.

— ... Et elle, sans doute ?

— Même pas. Mais, rassurez-vous, si c'est l'Ecossais qui la rend malade, elle sera complètement guérie après-demain, et je compte sur vous pour administrer le remède.

— Avec plaisir.

120

Lorsque Malcolm entra dans le bureau de Duncan, tout de suite ce dernier l'interrogea :

— Mr. McNamara, puis-je vous demander pourquoi vous avez cru bon de me téléphoner après l'arrestation de Sam Bloom ?

L'Ecossais le fixa, surpris :

— C'est l'oncle de Patricia, pas vrai ?

Jack se mordit les lèvres, pendant que Malcolm ajoutait :

— ... D'ailleurs, vous vous êtes dépêché de le faire libérer, non ?

— Nous reparlerons de cela plus tard. Pour l'instant, regardez ce plan, Mr. McNamara, c'est l'itinéraire que vous devrez suivre à l'aller comme au retour, pour gagner et quitter le Drow Dock où un matelot vous attend à bord du *Star of India*.

— Peut-être serait-il bon que je connaisse le nom de ce matelot ?

— Inutile ! Il guettera votre venue et... sans vous vexer, il me semble difficile qu'on puisse vous confondre avec un autre... Cet homme viendra à vous... et vous demandera : « Connaissez-vous ma cousine Elspeth de Stirling ? » et vous répondrez : « Non, j'en suis navré, car on m'a assuré que c'était une très jolie femme. » Après, vous n'aurez plus qu'à vous conformer aux instructions que le marin vous donnera. D'accord ?

— D'accord.

— Comme convenu, ce premier voyage est un voyage bidon. Nous tenons à savoir si l'on vous guette ou non. Si tout va bien, après-demain, vous irez chercher le vrai colis. Toujours d'accord ?

— Toujours d'accord. Et de votre côté ?

— De mon côté ?

— Vous laisserez partir Patricia ?

— Je ne reviens jamais sur ma parole, Mr. McNamara... Mr. Dewitt ne vous quittera pas de l'œil, pour vous protéger en cas de besoin.

— Mon ange gardien en quelque sorte ?

— Oui, mais bien plus susceptible de vous emmener en enfer qu'au paradis ?

L'Ecossais s'esclaffa, visiblement heureux de cette plaisanterie, et, assenant une claque amicale sur l'épaule de Peter qui trébucha :

— Et si on descendait s'envoyer un verre ou deux, mon ange ?

Ce fut Duncan qui répondit :

— Pas maintenant... Mr. Dewitt a un travail urgent qui l'attend. Rejoignez le bar, Mr. Mc-Namara, et mettez vos consommations sur mon compte.

— Merci ! ça risque de vous coûter cher !

Quand elle se présenta, pour la seconde fois de la soirée, sur la petite scène du *Palmier d'Hawaï*, Patricia aperçut Malcolm et, du coup, se retrouva. Elle eut droit à une véritable ovation et, répondant aux uns et aux autres par des inclinaisons de tête et des sourires, elle se dirigea vers le bar où l'Ecossais, l'attrapant par la taille, l'enleva comme une plume et la jucha sur un tabouret.

— Pat, vous avez été sensationnelle ! Qu'est-ce que vous buvez ?

— Un gin-citron.

— Vous ne préférez pas du champagne ? C'est Duncan qui paie !

— Je préfère un gin-citron offert par vous, Malcolm.

— Aïe ! vous oubliez que je suis Ecossais ! Et, pour ne pas me conduire en mufle, il va me falloir payer votre consommation, alors que depuis que je suis assis là, je bois au compte de Duncan !

A cet instant, ils aperçurent Dewitt émergeant de l'escalier qui conduisait au bureau de Jack et sortir de l'établissement par la porte de service.

— J'ai l'impression que le nommé Peter joue les conspirateurs !

— Ne vous occupez pas de Peter, Malcolm, sinon pour vous en méfier.

122

— M'en méfier ?

— C'est un homme capable de tout, sauf de tenter quelque chose de bien !

— Vous l'aimez guère, hein.

— Et vous ?

— Il m'est pas particulièrement sympathique, je le reconnais.

La chanteuse soupira.

— Et voilà auprès de qui je suis contrainte de vivre !

— Plus pour longtemps !

Elle le regarda, apitoyée.

— Vous songez toujours à m'emmener à Tomintoul ?

— Cela ne dépend plus que de vous !

— Mais, je vous ai dit et répété que...

— Duncan est d'accord !

— Quoi ?

Alors, il lui expliqua le marché passé avec Jack. Parce qu'elle n'ignorait rien de Duncan, elle refusait de croire à sa chance.

— Ecoutez, Malcolm... Jack est peut-être sincère, pour une fois... Donnez-moi encore quelques heures pour réfléchir... Je vous répondrai demain. Voulez-vous que nous nous retrouvions vers midi à Bloomsbury, dans le jardin autour du Museum ?

— Et comment !

Patricia repartie, McNamara se mit à boire sérieusement, c'est-à-dire comme à Tomintoul — expliqua-t-il au barman — quand on est heureux. Ce dernier, qui se persuadait n'avoir plus rien à apprendre quant aux limites de la capacité d'absorption d'alcool par un être humain, assista cette nuit-là à ce qu'il tint pour une révélation. Vers deux heures du matin, l'Ecossais sérieusement éméché, héla Dewitt qui rentrait et le convia à boire un verre. N'ayant aucune raison de refuser, Peter s'installa à côté de Malcolm qui lui fit remarquer la tache de sang sur sa manchette.

— Un accident, vieux ?

123

— Oui, je me suis quelque peu entaillé la paume de la main en tombant contre une boîte d'ordures ! Je me demande comment les services de la voierie tolèrent ça ! Il y a de quoi se tuer...

— A Tomintoul, y a pas de boîtes à ordures...

L'Ecossais parut réfléchir profondément avant d'ajouter :

— C'est vrai qu'il y a pas de service de voierie non plus...

Et incontinent, il fondit en larmes sous les regards médusés du barman et de Dewitt. Peter lui tapota l'épaule :

— Qu'est-ce qu'il y a ? Quelque chose qui ne tourne pas rond ?

— Pourquoi qu'on n'a pas de service de voierie à Tomintoul, hein ?

Le barman donna son opinion :

— Il en tient une chouette !

— C'est aussi mon avis... Venez, McNamara, le grand air vous remettra.

Prenant Malcolm par le bras, Peter le conduisit jusqu'à la porte et, le poussant légèrement :

— Rentrez chez vous, McNamara, et reposez-vous bien... Vous n'avez pas oublié qu'on vous attend ici demain, ou plutôt ce soir, vers quatre heures ?

— Ouais... mais vous me direz pourquoi on n'a pas de service de voirie à Tomintoul, hein ?

— C'est promis !

Avant de réintégrer le *Palmier d'Hawaï*, Dewitt regarda s'éloigner la silhouette titubante de l'Ecossais.

Pour entrer au *New Fashionable*, Malcolm dut réveiller Edmund qui, à tous ses emplois, ajoutait celui de veilleur de nuit, car le patron connaissait suffisamment la clientèle de son hôtel pour ne point lui confier la clef. Le grand air semblait avoir dessoûlé l'Ecossais qui accueillit le domestique d'un joyeux :

— Et alors, vieux, comment ça va ?

L'autre lui jeta un regard torve.

— Et comment voulez-vous qu'aille un citoyen qu'on réveille à une heure pareille ?

— Vous devriez venir à Tomintoul, vieux !

— Je n'y manquerai pas... En attendant, vous pourriez entrer, à moins que vous ne soyez passé que pour prendre de mes nouvelles ?

— Edmund, vieux frère, vous me plaisez.

Et, sans laisser au domestique le temps de se protéger, Malcolm l'embrassa fraternellement sur les deux joues. Edmund, un peu surpris, l'examina.

— Vous seriez plutôt du genre affectueux que ça ne m'étonnerait pas !

McNamara s'arrêta devant le bureau de Sam, où la lampe était éclairée.

— Le patron n'est pas encore couché ?

— Je n'en sais rien... Il est entré avec une drôle de figure. Moi, je suis parti aux commissions et boire un verre afin de consulter le résultat des courses, et quand je suis revenu, il avait disparu. Depuis, pas vu. Mais, entre nous, ça ne me trouble pas, car si vous tenez à mon opinion, Sam Bloom est un parfait salaud.

— C'est drôle qu'il ait laissé la lampe allumée, non ?

— C'est votre instinct d'économie écossais qui s'indigne ?

— Sans doute !

McNamara se pencha par-dessus le bureau pour atteindre l'interrupteur et il découvrit Bloom replié sur lui-même. L'Ecossais se rejeta vivement en arrière.

— Dites donc, mon vieux, j'aime pas beaucoup ce genre de plaisanterie !

— Quelle plaisanterie ?

— Vous saviez pas que votre patron était là ?

— Là ? Où ça, là ?

Du pouce McNamara indiqua l'endroit. Edmund, à son tour, se pencha.

125

— Bon Dieu !...

Tout pâle, il s'enquit :

— Vous... vous croyez qu'il est... mort ?

— Ça m'en a tout l'air à moins qu'il se prenne pour un fakir !

Tout en parlant, l'Ecossais fit le tour du bureau, prit la lampe et l'approcha de Sam.

— On lui a fendu le crâne avec une bouteille qui s'est cassée. L'assassin a emporté le goulot... pour les empreintes, vraisemblablement.

— Mais qui... qui a pu faire le coup ?

— Ça, mon vieux, j'en sais...

Les mots moururent sur les lèvres de l'Ecossais qui revoyait le sang sur le poignet de la chemise de Dewitt et sa blessure par éclat de verre à la paume de la main.

— Mon vieux, il reste plus qu'à prévenir la police.

— Ça ne me plaît pas beaucoup...

— Si ça peut vous consoler, à moi non plus.

Le constable Michaël Tornby se promenait mélancoliquement avec son jeune collègue Stuart Dom lorsque Edmund les rejoignit en courant.

— Venez vite !

— Où ?

— Au *New Fashionable*.

Dom demanda :

— Il y a le feu ?

Son collègue l'interrompit :

— S'il y a le feu, nous arriverons toujours assez tôt, pour une fois qu'on aurait la chance de voir disparaître cette tanière à crapules...

— C'est pas ça... Sam Bloom est mort.

— Vraiment ? Eh bien ! le diable doit être content ! Ce sera un fameux client pour lui ! Allez chercher un médecin.

— C'est que...

— ... Que... Quoi ?

126

— Je crois bien qu'on l'a tué.

— Vous croyez, hein ?

— C'est-à-dire que... que j'en suis sûr.

— Voilà qui est mieux. Allons-y, Stuart...

En retrouvant l'Ecossais, Tornby eut un haut-le-corps et, après avoir examiné Sam, il s'adressa à Malcolm :

— Pourriez pas employer votre force autrement qu'en cognant sur les gens ? Ce matin deux inspecteurs assommés et, maintenant, cette vieille crapule...

McNamara protesta :

— Mais j'ai pas touché à Mr. Bloom ! D'ailleurs, moi, quand j'en veux à quelqu'un, je me sers pas d'une bouteille, surtout pleine de whisky ! Au prix où il est !

Le constable ne put s'empêcher de rire.

— Sacré Ecossais, va... Sur un point, je vous donne raison : Sam ne valait pas le prix d'une bouteille de whisky... seulement, on l'a assassiné et nous, nous devons faire notre boulot... Stuart, téléphonez au Yard et si par hasard, Bliss ou Martin est là, qu'on lui dise que Mr... Mr. ?

— Mr. McNamara.

— ... Que Mr. McNamara est dans le coup.

— Non, mais, dites donc !

— ... Comme témoin pour l'instant.

Il se trouvait que Martin était de garde et il se fit une joie d'accourir au *New Fashionable*, et ne dissimula pas son plaisir d'être de nouveau en face de l'Ecossais.

— Alors, cette fois, Mr. de Tomintoul, vous avez cogné trop fort ?

— Je l'ai pas touché, votre type !

— Je ne pense pas qu'en Ecosse plus qu'en Angleterre, les meurtriers reconnaissent du premier coup leur culpabilité ?

— Vous, vous avez quelque chose contre moi, mon vieux ?

— Où allez-vous chercher pareille idée ?

127

— Si, si... Je le sens bien ! Vous essayez de me mettre dans un sale coup... mais, pourquoi, vieux ? Qu'est-ce que je vous ai fait ? C'est tout de même pas une histoire de moutons ?

— Non, cher vieil Ecossais de mon cœur, ce n'est pas une histoire de moutons ! J'appartiens au clan des réprouvés qui n'ont pas la joie ineffable de connaître Tomintoul ! Je ne suis qu'un pauvre malheureux abruti d'Anglais qui a l'audace de penser qu'il n'entre pas dans sa vocation d'être rossé quotidiennement par un Bon Dieu d'Ecossais !

— C'était une erreur !

— Une erreur, hein ? Et lorsque, n'étant encore jamais venu à Londres, vous descendez comme par hasard dans un des hôtels les plus mal famés de la capitale, c'est une erreur ? Quand, dès votre premier soir, vous vous précipitez au *Palmier d'Hawaï*, que dirigent deux des plus belles crapules que notre capitale a la malchance d'héberger, c'est aussi une erreur ?

— L'hôtel, c'est le chauffeur qui m'y a conduit... parce que je voulais pas payer trop cher... et le *Palmier d'Hawaï*, c'est à cause de Patricia Potter... Je l'aime bien, inspecteur et je voudrais l'emmener à Tomintoul... Vous viendrez nous y voir ?

Bliss manqua s'étrangler.

— Oui ! J'irai vous rendre visite, mais pas à Tomintoul, seulement dans la prison de Sa Majesté où l'on va vous envoyer réfléchir sur les dangers de la grand-ville. Hop ! Embarquez-moi ce Tarzan à la manque !

En arrivant dans son bureau le Superintendant Boyland prit connaissance des notes accumulées sur sa table de travail et appela Bliss qui attendait son retour pour gagner son lit.

— Alors, Bliss, vous avez encore arrêté ce grand Ecossais ?

— Ce coup-là, Super, je le tiens !

— Non, Bliss, vous ne le tenez pas.

128

— Pardon ?

— Bliss... j'ai beaucoup d'estime pour vous... Je respecte l'amitié qui vous unissait à Pollard, mais ce n'est pas une raison pour vous acharner contre un innocent qui était au fond du comté de Banff tandis qu'on assassinait votre camarade.

— Mais. Il...

— Non. Bliss. J'ai lu les rapports et les premiers interrogatoires au sujet du meurtre de Bloom. L'Ecossais n'y est pour rien. De l'aveu même du garçon Edmund Smith, il a été absent depuis dix heures du soir. L'enquête menée au *Palmier d'Hawaï*, pour si sommaire qu'elle ait été, démontre que McNamara n'a pas quitté la boîte de Duncan jusqu'à deux heures du matin...

— Tous complices !

— Même en l'admettant, Bliss, il faudrait détruire cet alibi avant de garder l'Ecossais sous les verrous, et vous savez très bien que vous n'y réussirez pas. Enfin, pourquoi ce garçon aurait-il tué Bloom ?

— Règlement de comptes !

— Sans doute, mais ce n'est pas McNamara le créancier. Je connais le meurtrier de Sam, Bliss.

L'inspecteur regarda son chef avec des yeux ronds.

— Vous connaissez le... ?

— Oui, et c'est vous, Bliss.

Le policier se leva d'un bond.

— Qu'est-ce que vous dites ?

— Du calme, Bliss, et reprenez place sur votre chaise, je vous prie. Vous devriez être davantage maître de vos réflexes.

Bliss, vaincu, se rassit :

— Vous avez tué Sam Bloom, Bliss, en l'arrêtant et en l'emmenant au Yard. Ses complices, qui n'ignoraient pas la veulerie de Bloom, ont craint qu'il ne résiste pas à un nouvel interrogatoire et qu'il nous livre le nom du meurtrier de Pollard et de miss Bunhill. Voilà pourquoi ils l'ont tué

129

cette nuit. Relâchez vite l'Ecossais, Bliss, car j'ai l'impression que c'est lui qui nous mènera au gibier que nous traquons depuis si longtemps.

— Et pour quelles raisons ?

— Parce qu'il est amoureux de Patricia Potter.

Malcolm McNamara avait beau s'affirmer une nature exceptionnelle, il n'était pas tellement frais lorsqu'il réintégra le *New Fashionable* où Edmund l'accueillit sans émotion particulière.

— Ils vous ont relâché ?

— Comme vous voyez, vieux.

— Vous avez de la chance... Généralement, quand on est entre leurs pattes, pour en sortir, c'est plutôt difficile...

— Mais, puisque je suis innocent ?

— Si vous vous imaginez que ça les gêne... et puis, il faut se mettre à leur place... vous fréquentez du drôle de monde !

— C'est votre opinion ?

— Dame ! moi, je suis ici parce que je suis un bon à rien, une épave... un type qui ne demande qu'à ne pas crever de faim et ne pas être obligé de coucher sur les berges de la Tamise... alors, toutes leurs saloperies, elles ne m'intéressent pas... mais, croyez-moi, y a des moments où je regrette d'être devenu ce que je suis devenu parce que...

— Parce que ?

— ... Parce que lorsque je vois tous ces malheureux qu'on empoisonne lentement... de vraies gosses parfois... ça me soulève le cœur. Sam, c'était une ordure... il est mort... Je vais pas pleurer, au contraire.

— Mais pourquoi a-t-on tué Sam ?

— La drogue.

— Non ? Alors, c'est pas de la blague ces histoires de drogue ?

— De la blague ? Dites donc, vous me semblez plutôt en retard à Tomintoul !

130

— Et ça fait autant de mal qu'on le dit ?

— Si vous tenez à en avoir une idée, vous n'avez qu'à aller prendre un verre à *l'Ecu de St. George* dans Romilly Street, vous verrez la gueule qu'ils ont ! Et puis, un conseil, parce que vous m'avez l'air d'un brave type : laissez tomber le *Palmier d'Hawaï* et miss Potter, ce ne sont pas des fréquentations pour vous.

— J'aime miss Potter.

Edmund haussa les épaules, résigné.

— L'amour ne vaut pas mieux que la drogue...

Edmund réveilla Malcolm vers onze heures. Après deux heures de repos, l'Ecossais se leva sinon frais et dispos, du moins assez reposé pour affronter les obligations d'une journée qui s'annonçait chargée. Un peu avant midi et malgré son horreur des dépenses inutiles, ne se sentant pas le courage de gagner Bloomsbury à pied, il prit un taxi. Quand il arriva dans le jardin du Museum, Patricia l'y attendait. Il s'excusa :

— J'ai encore passé la nuit au poste de police...

— Ce n'est pas vrai !

— Si... mais, cette fois, j'ai eu droit à Scotland Yard !

— Mais pourquoi ?

— On a assassiné Sam Bloom.

— Non ?

— Si...

Ils se turent, sachant tous deux ce que l'autre pensait. Enfin, Pat demanda d'une toute petite voix :

— Ce sont... eux, n'est-ce pas ?

— Peter Dewitt.

— Comment êtes-vous au courant ?

Il le lui expliqua et conclut :

— Vous voyez bien, Patricia, que vous ne pouvez plus rester avec ces gens-là.

— Ils me tueront comme ils ont tué Sam !

— Je ne les laisserai pas faire !

— Pauvre Malcolm ! Vous êtes si naïf, si démuni

131

devant ces hommes... Ils vous frapperont avant même que vous n'ayez pu prévoir leur geste.

— Que vous dites !

— J'en suis certaine !

— On ne m'a pas aussi facilement, et puis Duncan m'a promis que si j'allais lui chercher ce paquet au dock et si je le lui rapportais, il vous laisserait partir avec moi.

— Il ment !

— Je pense pas.

— Ecoutez-moi. Malcolm... Vous ignorez leur plan... Ce sont des monstres. Ils ont décidé que lorsque vous aurez rapporté la drogue au *Palmier d'Hawaï* sans incident, ils vous abattront !

— Pourquoi ?

— D'abord, pour être sûrs que vous ne les trahirez pas, ensuite parce que Jack n'acceptera jamais que vous m'emmeniez.

— Il vous aime ?

— Lui ? Il n'a jamais aimé personne... Il est incapable d'aimer qui que ce soit ! Il n'aime que l'argent !

— Alors ?

— Alors, il estime que je lui appartiens et il n'admet pas qu'on touche à ce qu'il juge lui appartenir.

L'Ecossais hésita un instant, puis secoua la tête.

— Excusez-moi, Patricia, mais je crois pas... Duncan m'a promis... Je suis persuadé qu'il tiendra parole... A Tomintoul, on tient toujours parole.

Elle l'aurait battu ! Comprenant qu'elle ne parviendrait pas à le convaincre que Londres différait quelque peu de Tomintoul, elle s'enerva et, finalement, fondit en sanglots devant un McNamara bien embarrassé et qui ne savait que répéter :

— Mais... qu'est-ce qu'il y a ? Qu'est-ce qu'il y a ?

Un vieux gentleman qui les observait depuis un moment s'approcha :

— Excusez-moi, sir, de me mêler de ce qui ne me regarde pas... mais il vaut mieux ne pas les

132

faire pleurer parce que... quand elles ne sont plus là... on a des remords... toutes ces larmes, auxquelles on n'a pas prêté attention jadis, acquièrent une terrible importance... Si j'étais vous, sir, je la prendrais dans mes bras, pendant qu'il n'y a pas de policeman dans les environs, et je l'embrasserais pour bien lui montrer que je l'aime et que tout le reste ne compte pas.

— Vous pensez vraiment ?

— J'en suis sûr.

Et le vieux gentleman s'éloigna. Après une courte hésitation, Malcolm s'enquit :

— Vous avez entendu, Pat ?

— Evidemment que j'ai entendu, et je me demande ce que vous attendez pour suivre son conseil !

Et c'est ainsi que Malcolm et Pat échangèrent leur premier baiser. Quand ils se désenlacèrent, l'Ecossais dit :

— Je regrette...

Patricia sursauta :

— Vous regrettez ?

— ... De ne pas avoir emporté mon bag-pipe, je vous aurais joué *Sword dance*.

Elle ne put s'empêcher de rire.

— Je me ferai une raison. Maintenant, Malcolm, il faut que je rentre. Duncan doit se demander où je suis passée.

Il l'accompagna jusqu'à un taxi. Avant de monter dans le véhicule, elle se tourna vers lui :

— Vous ne voulez pas renoncer, Malcolm ? Je crains tellement qu'il arrive malheur !

Il sourit.

— Vous en faites pas pour moi... On se reverra, petite !

CHAPITRE V

L'inspecteur Bliss entra en coup de vent dans le bureau du Superintendant Boyland.

— Ça y est, Super !

Boyland, homme paisible, détestait ce genre d'irruption qui non seulement le troublait, mais encore le choquait. Déjà sur l'âge et plus très éloigné de la retraite, il demeurait fortement attaché aux manières correctes, aux costumes sévères et au chapeau melon. Il ne prisait guère non plus ce genre — trop familier à son gré — d'user de diminutifs jugés par lui irrespectueux. Il stigmatisait dans ces mœurs nouvelles la néfaste influence du laisser-aller des Américains qu'il n'aimait pas, car, à ses yeux, ils restaient les rebelles ayant trahi la Couronne. Mais cela n'empêchait nullement Boyland d'être un excellent policier et, le cas échéant, de collaborer avec ses collègues du F. B. I. et de la C. I. A.

— Qu'est-ce qui y est, Mr. Bliss ?

— J'ai la preuve que cet Ecossais se fiche de nous !

— Voilà qui est nouveau !

— Vous n'avez pas voulu me croire, Super, mais

135

ce type-là appartient à la bande de Duncan, j'en ai eu l'assurance tout à l'heure.

Sans que Bliss en comprît la raison, Boyland sourit et c'était là un phénomène assez rare pour que l'inspecteur en restât un moment désorienté.

— Je vous écoute, Mr. Bliss.

— Vers midi, je suis revenu rôder autour du *New Fashionable*.

— Vous ne dormez donc jamais, Mr. Bliss ?

— Rarement, Super, surtout lorsque je suis sur un gros coup !

Boyland ne goûtait pas davantage cette vulgarité d'expression et, pour tout dire, l'inspecteur Bliss, dont il reconnaissait les qualités certaines, ne lui était pas sympathique.

— Alors, qu'avez-vous vu ?

— Un peu avant midi, l'Ecossais est sorti en courant du *New Fashionable*, a sauté dans un taxi et filé. J'ai eu la chance d'avoir une voiture à proximité et je l'ai suivi. L'un derrière l'autre, nous avons gagné le British Museum.

— Le British Museum ?

— Plus exactement, le jardin du British Museum où il était attendu !

— Tiens, tiens... Et par qui ?

— Par miss Patricia Potter, tout simplement !

Triomphant l'inspecteur se laissa aller contre le dossier de son siège.

— Et alors ?

Bliss regarda son chef avec l'étonnement d'un homme d'intelligence normale face à un attardé mental.

— Comment ça, et alors ? Vous êtes au courant du rôle de miss Potter dans les combines de Duncan !

— Justement non, Mr. Bliss, je ne les connais pas.

— En tout cas, le rendez-vous de l'Ecossais avec la compagne du patron du *Palmier d'Hawaï* prouve

136

assez qu'ils sont de mèche et qu'elle venait tout simplement lui transmettre des consignes.

— Dans le jardin du British Museum ?

— Pourquoi pas ? Personne n'aurait eu l'idée d'aller les chercher là !

— Sauf vous.

Le policier acquiesça.

— Sauf moi — d'un air de dire que l'Ecossais et Patricia n'avaient pas eu de chance en trouvant sur leur route un flic de la qualité de l'inspecteur Bliss.

— Dites-moi, Mr. Bliss... Vous n'avez jamais été amoureux ?

— Pas eu le temps, Super !

— Dommage !

— Dommage ?

— Cela vous aurait évité des fatigues supplémentaires et inutiles, parce que vous auriez appris que les gens qui s'aiment se donnent rendez-vous dans les endroits les plus invraisemblables et nous savons, de son propre aveu, que McNamara aime miss Potter au point de désirer l'emmener dans son pays. Seulement, il y a Duncan... alors, pour échapper à sa surveillance, ils se rejoignent là où Duncan n'aura jamais l'idée de se rendre.

— C'est une hypothèse !

— Mr. Bliss, ne leur avez-vous rien vu faire qui pourrait étayer ma théorie ?

— C'est-à-dire que... Enfin, qu'ils se sont embrassés, mais cela ne prouve rien !

— Oh ! si Mr. Bliss... et permettez-moi de vous conseiller de coller plus étroitement aux chausses de cet Ecossais car, j'ai l'impression que c'est à partir de maintenant qu'il est en danger.

— En danger ?

— En danger, Mr. Bliss, et il serait fâcheux, pour lui d'abord, pour nous ensuite, qu'il lui arrivât quelque chose de grave. Vous comprenez ?

— Parfaitement, Super.

— Alors, c'est très bien, et surtout, laissez-le

tranquille, n'agissez plus de quelque façon que ce soit contre lui sans m'en référer d'abord, car j'ai le sentiment, Mr. Bliss, que cet éleveur de moutons, avec sa naïveté, en apparaissant dans le monde des Duncan et des Dewitt, déclenchera obligatoirement un certain émoi dont nous profiterons.

En quittant Boyland, Bliss songeait qu'on devrait avancer l'âge de la retraite, le Super-intendant témoignant d'un engourdissement intel-lectuel qui pouvait s'affirmer préjudiciable à la bonne marche du service.

Duncan, écoutant McNamara, ne pouvait s'em-pêcher de se féliciter de ce que Dieu ait cru bon de créer les imbéciles pour le plus grand profit des autres. L'Ecossais expliquait ce que seraient ses noces avec Patricia, à son retour dans son pays, et les noms des copains qu'il inviterait. En dépit de son mépris amusé pour ce balourd, Jack éprouvait une sorte de pitié envers Malcolm et ses illusions. Mais, la loi du plus fort étant la seule que connaissait et pratiquait le patron du *Palmier d'Hawaï*, il interrompit le bavardage de son visiteur.

— Mr. McNamara, il va être l'heure de partir... Vous vous souvenez bien de mes instructions ?

— Vous en faites pas, mon vieux, à Tomintoul, c'est moi qui ai le plus de mémoire !

— Tant mieux... Et surtout ne vous écartez sous aucun prétexte de l'itinéraire que je vous ai indiqué, sans cela... Enfin, disons que lorsqu'il s'agit de drogue, nous sommes enclins à une méfiance tatillonne et à de fausses interprétations. Il serait navrant que mes hommes, qui vous guet-teront tout au long de votre parcours aillent s'imaginer que vous avez l'intention de vous appro-prier la marchandise, n'est-ce pas ?

— J'en serais bien embarrassé !

Duncan soupira. Entendre un type vous expli-quer qu'il ne saurait pas quoi faire de la fortune

138

qu'il porte sous le bras, risque de vous plonger dans un état cataleptique.

Peter Dewitt se glissa dans la pièce, silencieusement. Jack ricana :

— Vous écoutiez derrière la porte, comme d'habitude, Peter ?

— Comment serais-je au courant sans cela, Jack ?

Les deux hommes se regardèrent et leurs rires discrets ne cadraient pas avec leurs regards haineux. Duncan pensait qu'il était temps de se séparer de Dewitt — et pour le patron du *Palmier d'Hawaï*, le mot de séparation avait un sens terriblement précis — et Peter, de son côté, songeait à la tête que montrerait son patron lorsqu'il comprendrait que la drogue lui avait passé sous le nez. Sans compter les explications qu'il devrait fournir au grand « boss » de Soho, explications qui risquaient bien de se terminer par un plongeon dans la Tamise, perspective qui enchantait Dewitt.

— Naturellement, Peter, vous ne quittez pas notre ami de l'œil.

— D'accord.

— Mais vous vous arrangez pour que votre... amicale protection ne ressemble pas à une filature ?

— Je ne suis pas un débutant, Jack.

— Alors, gentlemen, il ne me reste plus qu'à vous souhaiter bonne chance !

— Pour aujourd'hui, il n'y a pas de risques... Ce n'est qu'une mise au point.

— Elle ne sera concluante, Peter, que si vous considérez votre randonnée comme si elle était la vraie...

Au moment où McNamara se levait, Duncan avisa le gros sac déposé près de son fauteuil et dont il prenait la poignée.

— Qu'est-ce que c'est que ça ?

— Mon bag-pipe.

— Vous n'allez pas vous rendre au Dow Dock en transportant cet instrument ?

139

— Si, c'est mon porte-bonheur. Sans lui, je perds la moitié de mes moyens.

Comme convenu, McNamara quitta le *Palmier d'Hawaï* et, à la manière d'un touriste se baguenaudant dans Londres, son sac à la main, il partit d'un pas tranquille, traversa Romilly Street et Old Compton Street sans trop se soucier de la circulation, ce qui lui valut, de la part des chauffeurs de taxis, de belles injures auxquelles il répondit vertement et ce, à la stupeur affolée de Dewitt qui, à cent mètres derrière l'Ecossais, jugeait que cet olibrius avait une manière bien à lui de ne pas attirer l'attention. A l'angle de Shaftesbury Avenue, l'aile d'une voiture souleva le kilt de Malcolm qui voulut absolument assommer le conducteur. Un policeman dut intervenir et donna tort à McNamara qui lui répliqua qu'à Tomintoul on ne conduisait pas comme des fous. Le policeman était un homme de complexion paisible.

— Où se situe le patelin dont vous me parlez, sir ?

— En Ecosse, dans le comté de Banff.

— Je vois... Et à Gramintoul...

— Tomintoul !

— Excusez-moi, sir... et à Tomintoul, on ne vous apprend pas qu'il est préférable de traverser les rues dans les passages réservés aux piétons ?

— Non.

— Vous m'en voyez surpris, sir.

— C'est que, mon vieux, à Tomintoul, il n'y a pas de rue et par conséquent pas de voitures, ni de passages pour les piétons... Mais tout de même c'est pas mal Tomintoul, vous devriez y venir ?

— Je n'y manquerai pas, sir, dès que j'aurai un moment.

Le policeman, regardant s'éloigner l'Ecossais, souleva son casque et se gratta la tête, ce qui était chez lui un signe de profonde perplexité.

A Charing Cross, Malcolm descendit dans le « tub » [1], emprunta la « Metropolitan and District Lines » — non sans avoir fait remarquer à l'employé chargé de vendre les billets que le prix de son ticket lui semblait scandaleusement exagéré, changea de train à Whitechapel pour descendre à Bromley d'où un taxi, qui l'attendait, l'emmena jusqu'au croisement de Saunders Ness Road et de Glengarnock Avenue, juste en face de Drow Dock, que l'Ecossais gagna à pied. Tout de suite, il aperçut le *Star of India*, où un homme était accoudé à la lice. Dès que le type l'eut repéré, Malcolm le vit descendre la passerelle. Il l'attendit. Le marin s'approcha de McNamara.

— Pardonnez-moi, sir, mais sans doute êtesvous Ecossais ?

— Tout juste !

— Alors, peut-être connaissez-vous ma cousine Elspeth, de Stirling ?

— Non, et j'en suis navré, car on m'a assuré que c'est une très jolie femme.

— O.K. Allons prendre un verre.

Ensemble, ils se rendirent au *Disabused Pirate*[1] où, après avoir commandé deux whiskies, le marin gagna les toilettes d'où il revint avec un paquet assez important qu'il remit à Malcolm.

— Mon boulot est fini. A vous de jouer, mon garçon.

Ils trinquèrent et le matelot quitta McNamara en lui disant :

— A demain, même heure.

Pour rejoindre Soho, Malcolm utilisa de nouveau le taxi qui l'avait attendu, reprit le tub et sortit à Charing Cross toujours suivi par Peter Dewitt jugeant que les choses se passaient le

(1) Métro.
(1) Le Pirate désabusé.

mieux du monde et mijotant le plan qui lui permettrait, le lendemain, d'éliminer l'homme de
Tomintoul et de s'emparer de son précieux paquet. Mais, subitement, son opinion changea lorsqu'il vit, à l'angle de Shaftesbury Avenue, Malcolm
sortir son bag-pipe et se mettre à jouer *The shores
of Argyl*, ce qui créa tout de suite une certaine
émotion parmi les passants dont les uns s'arrêtèrent pour le regarder, tandis que d'autres
lui emboîtaient le pas. Ahuri, Peter se demandait
si l'homme de Tomintoul n'était pas devenu subitement fou. Ce qui devait arriver se produisit, et le
policeman à qui McNamara avait eu affaire au
début de sa promenade se dressa bientôt devant
lui, les bras en croix.

— Stop, *please* !

— Vous n'aimez pas *The shores of Argyl*, mon
vieux ?

— Me croirez-vous, sir, si je vous dis que je
n'ai rien contre l'Ecosse et contre les Ecossais ?

— Je vous en félicite, mon vieux !

— Que je serais très heureux d'aller à Pra-
gintoul ?

— Tomintoul.

— Excusez-moi, sir... à Tomintoul ?

— On vous y recevra avec honneur, mon vieux !

— Et que, enfin, j'apprécie le bag-pipe ?

— Eh bien, ça me fait rudement plaisir !

— Mais pas dans les rues londoniennes, où je
suis chargé de régler la circulation !

— Ah ?

— Et je vous serais bien obligé, sir, de me
confier si vous avez l'intention de vous payer ma
tête pendant longtemps encore ?

— Moi ? Mais vous m'êtes très sympathique,
mon vieux !

— Vous aussi, sir, vous m'êtes très sympathique, et c'est pourquoi je vais vous prier de
m'accompagner jusqu'au poste de police, où nous
pourrons faire plus ample connaissance. Mais,

pour ne rien vous cacher, j'ignore si le sergent Bradley aime le bag-pipe...

— Il l'aimera, mon vieux, quand il m'aura entendu jouer !

Le policeman ayant demandé à un collègue de le remplacer, s'en fut en compagnie de l'Ecossais vers le prochain poste, menant la tête d'un petit cortège dont Malcolm réglait la marche en jouant *El Alamein*. Quant à Peter Dewitt, il se demandait s'il n'était pas subitement plongé dans un monde ayant perdu la raison. Jugeant inutile de suivre les curieux jusque chez les policiers où il risquait d'être reconnu, il se précipita au *Palmier d'Hawaï*.

Attendant sans impatience le retour de McNamara, Duncan expliquait son point de vue à Patricia Potter.

— Vous me décevez, Patricia... Alors, réellement vous vous êtes imaginé que je vous laisserais partir avec cet imbécile ? Je tiens trop à vous, chérie.

— ... Et puis, j'en sais trop long sur vos activités.

Jack acquiesça sans rien perdre de son flegme.

— Et puis, vous en savez bien trop long, en effet, Patricia, pour vieillir en la compagnie d'un autre que moi.

— Jusqu'au jour où vous en aurez assez !

— Jusqu'au jour où j'en aurai assez, en effet. Voyez comme nous nous comprenons parfaitement ? N'est-ce pas la preuve évidente que nous sommes nés l'un pour l'autre ?

— Vous êtes un misérable !

— C'est curieux que vous n'ayez jamais pu vous défaire de ce vocabulaire suranné...

— Alors, ma vie... mon bonheur, ils ne comptent pas ? Il est nécessaire que j'y renonce à vingt-trois ans ?

— N'essayez pas de me faire croire qu'il vous

143

est venu tout d'un coup la vocation d'une gardeuse de moutons ?

— Non, Jack, mais simplement le désir de vivre proprement auprès d'un brave garçon.

— Je déteste vous voir manquer d'ambition à ce point-là ! Vous me semblez très sérieusement éprise de ce colosse en jupon, il me semble ?

— Et alors ?

— Et alors, vous ne me donnez que plus de raisons de m'en débarrasser le plus vite possible.

Elle se leva, raide d'angoisse.

— Vous n'allez...

— Restez assise, ma chère ?

Elle retomba dans son fauteuil, matée.

— Dites, Jack... vous n'allez pas le tuer ?

— Si.

— Mais pourquoi ? Pourquoi ?

— Parce que lui aussi en saura trop sur ce que vous nommez mes activités. Je vais même vous confier la façon dont je m'y prendrai... Jugez par là de ma confiance. Demain, quand il entrera dans cette pièce, Dewitt s'arrangera pour qu'il passe devant lui et...

Il sortit du tiroir de son bureau un pistolet muni d'un silencieux.

— ... On ne peut guère tirer qu'une balle avec ce joli instrument, mais je suis bon tireur et une balle suffira. Le plus difficile sera de faire disparaître ce grand corps...

— Vous êtes monstrueux !

— Pratique, ma chère, pratique, et je suis certain que vous oublierez vos indignations lorsque je vous offrirai un manteau de vison... C'est même étonnant comme le vison obscurcit les mémoires les plus vindicatives. Bien entendu, si vous vous mettiez en tête de contrecarrer mes projets, vous me contraindriez à user de représailles définitives à votre endroit, et j'en serais navré.

D'un geste, Jack imposa silence à Patricia qui s'apprêtait à répliquer. Alors, elle entendit qu'on montait l'escalier menant au bureau et bientôt Dewitt entra hors d'haleine. Il lui fallut un moment pour reprendre son souffle, sous les regards intrigués des deux autres. Duncan demanda :

— Où est l'Ecossais ?

— Au poste !

— Tonnerre ! Il a été repéré ?

— Non.

— Alors, pour quelles raisons l'a-t-on appréhendé ?

— Parce qu'il jouait du bag-pipe dans Shaftesbury Avenue !

— Vous vous fichez de moi ?

Peter raconta l'incroyable scène à laquelle il avait assisté. Quand il eut terminé son récit, Jack, songeur, s'enquit, sans s'adresser particulièrement à l'un ou l'autre de ses interlocuteurs :

— Qu'est-ce que cela signifie ?

— Il est fou ! Moi, je me suis toujours douté que cet idiot nous amènerait des histoires !

— Taisez-vous et réfléchissez un peu avant de parler, Peter, s'il avait eu la drogue sur lui, on pourrait croire qu'il a attiré exprès l'attention de la police pour toucher une prime importante.

— Exactement !

— Mais il n'avait pas la drogue, et il le savait.

— Alors ?

— Autre hypothèse : qu'il s'est fait arrêter pour dénoncer notre manège... mais, je ne vois pas ce que cela lui rapporterait aujourd'hui ? Tandis que demain, il en irait tout autrement...

— Alors, patron, qu'est-ce qu'on décide ?

— On attend.

— Mais s'il a...

— Nous n'en serons sûrs que lorsque la police se présentera.

— A ce moment, il sera bien temps !

— Non, Dewitt, il ne sera plus temps, et nous terminerons ici, vous et moi, notre aventure

145

terrestre, car, figurez-vous, je ne tiens pas à savourer les plaisirs de la prison...

— Vous, peut-être ! mais, moi...

Duncan sortit son pistolet, qu'il braqua discrètement sur son lieutenant.

— Mon sort sera le vôtre, Peter, que cela vous plaise ou non...

Et dans un sourire, se tournant en direction de Patricia, il ajouta :

— ... Ne comptez pas que je vous laisse derrière moi, ma chère... Je pense avoir besoin de vous dans l'autre monde, aussi.

La sonnerie du téléphone rompit la tension qui régnait dans le bureau. Jack prit l'appareil de la main gauche.

— Oui ?... Parfait... Il est seul ?... Alors, laissez-le monter.

Ayant reposé le combiné, Duncan se contenta d'annoncer :

— Mr. McNamara, gloire de Tomintoul, arrive... et seul.

Il se turent et dans le silence établi, ils sentirent — tant leurs sens étaient en éveil — l'approche de l'Ecossais avant même de l'entendre. Enfin, le pas lourd de Malcolm résonna, assourdi par les tentures et les capitonnages. Duncan, Dewitt et miss Potter étaient figés, les yeux braqués sur la porte lorsqu'elle s'ouvrit devant McNamara qui, frappé par leur attitude, s'immobilisa sur le seuil pour demander :

— Qu'est-ce qui se passe ?

Il avait l'air tellement ahuri que les trois autre respirèrent. Duncan s'enquit :

— Vous êtes seul ?

— Seul ? En voilà une question ! et avec qui voudriez-vous que je sois ? Tenez, le voilà votre paquet bidon. Vous auriez pu me dire qu'il y avait des confiseries dedans ! J'ai eu l'air d'un imbécile, au poste ! Les flics m'on dit qu'ils ignoraient que les Ecossais se nourrissaient comme des

146

bébés londoniens. J'ai failli me fâcher pour de bon, parce que, tout de même, hein, il y a des limites !

De ceux qui l'écoutaient, seul Dewitt ne semblait pas convaincu.

— Qu'aviez-vous besoin de jouer de votre Bon Dieu d'instrument en plein milieu de Shaftesbury Avenue ? Vous auriez voulu vous faire arrêter ma parole, que vous n'auriez pas agi autrement !

— Mais je voulais me faire arrêter, mon vieux !

Peter jura et voulut hurler son indignation, mais Duncan l'obligea à se taire.

— On vous a assez entendu, Dewitt !... Mr. McNamara, miss Potter et moi serions heureux d'écouter vos explications.

L'Ecossais se laissa choir dans un fauteuil et commença par s'adresser à miss Potter.

— Plus que vingt-quatre heures, petite, et on file à Tomintoul !

A la grande surprise de l'Ecossais, Patricia fondit en larmes. Il se leva, s'approcha d'elle, posa sa main sur son épaule et, doucement, demanda :

— Du chagrin, *Darling ?*

Cette scène exaspérait Duncan et le temps lui durait d'être plus vieux de vingt-quatre heures afin de régler, une fois pour toutes le sort de ce gorille sentimental. Quant à Patricia, elle ne perdait rien pour attendre ! Peter, à qui rien n'échappait, buvait du lait. La voix paisible de Malcolm enveloppait la jeune femme d'une atmosphère de sécurité. Elle fut sur le point de tout lui révéler, mais son regard croisa celui de Duncan et elle comprit qu'il était prêt à tuer. Aussi répondit-elle, avec lassitude :

— Rien... non, je vous assure... rien. Les nerfs...

— Lorsque vous serez à Tomintoul...

Perdant son flegme habituel, Duncan frappa du poing sur son bureau.

— Par les tripes du diable ! McNamara, ce n'est

147

quand même pas le moment de conter fleurette à miss Potter ! Je vous ai posé une question et je vous prie d'y répondre, et vite !

L'Ecossais s'approcha lentement du bureau de Jack et, l'examinant bien en face, constata :

— Vous aussi, mon vieux, vous êtes nerveux, hein ?

Duncan pâlit, ce qui s'affirmait, chez lui, signe d'une colère qu'il ne maîtrisait plus, et Patricia eut peur que, perdant son sang-froid, il tire sur l'Ecossais qui semblait à mille lieues de se douter du danger. Heureusement, dans la fraction de temps qui s'écoula entre la question de Malcolm et l'ébauche du geste de Jack, pour prendre son arme, l'Ecossais enchaîna, toujours très détendu :

— Pour rien vous cacher, mon vieux, j'étais assez inquiet... Les flics londoniens, je trouve qu'ils ont un peu trop tendance à s'occuper de moi... Je me suis dit que demain, quand je porterai le vrai paquet, je risquerais le pépin... alors, j'ai préféré me faire repérer tout de suite.

— Dans quel but ?

— J'ai pensé que l'endroit dangereux, c'était les approches de Soho, et je ne me suis pas trompé, hein ?

— D'accord.

— Ma vue intrigue les flics et si je me mets à jouer du bag-pipe en pleine rue, c'est sûr qu'ils m'embarquent... Au poste, ils me prennent pour le dernier des crétins et je m'arrange par mes réponses embarrassées, pour leur donner l'idée d'ouvrir mon paquet et il arrive ce que j'avais prévu. Ils se fichent de moi, mon vieux ! A présent, ils me suspectent plus, ils me plaignent, mais avec sympathie... Alors, demain, quand je repasserai sous le nez des flics, ils diront : « Tiens ! Voilà encore ce grand braque d'Ecossais » et pourvu que je me serve pas de mon bag-pipe, je défilerai sous leur nez avec mon

148

paquet de drogue. Ça m'étonnerait même pas qu'ils me disent un mot gentil...

Duncan s'adressa à Dewitt :

— J'ai l'impression, Peter, que vous pourriez prendre des leçons de tactique auprès de notre ami.

Puis, revenant à l'Ecossais :

— Savez-vous, McNamara, que vous êtes singulièrement astucieux ?

Malcolm se rengorgea.

— A Tomintoul, c'est toujours à moi qu'ils viennent demander conseil lorsque quelque chose ne tourne pas rond, du moins ceux qui sont intelligents.

En arrivant au *New Fashionable*, encore ouvert en dépit de la mort de Bloom, McNamara trouva Edmund complètement retourné et buvant sans vergogne le whisky de feu son patron. L'Ecossais le confessa sans peine, car le vieux, sous l'influence de l'alcool et d'une émotion profonde, inclinait aux confidences.

— La vie est une saloperie... une bougre de saloperie même, si vous désirez connaître mon opinion, sir ! Un type est venu, tout à l'heure... un type encore jeune et qui avait dû être bien... Ce que ça été moche... Une vraie crise, il a piqué !

— Qu'est-ce qu'il avait ?

— Il ignorait la mort de Sam.

— Un parent ?

Edmund haussa les épaules.

— Un client.

L'Ecossais examina son interlocuteur avec incrédulité.

— Vous allez quand même pas prétendre, mon vieux, que les locataires de l'hôtel aimaient votre patron au point de...

— Mais non ! Seulement, pour Sam, l'hôtel, ce n'était qu'une façade... Il vendait de la drogue,

149

vous comprenez ? Et le type qui s'est amené, un habitué...

— Comment pouvait-il ne pas savoir la mort de Bloom ? Les journaux en ont assez parlé !

Edmund ricana :

— Un drogué se moque bien des journaux, sir Il ne vit que pour la drogue et le reste, sauf votre respect, il s'en fout ! Il m'a supplié, le gars, il a pleuré... Il croyait que j'avais mis la main sur la réserve de Sam... mais la drogue, je préférerais crever plutôt que d'y toucher !

Il se tut un instant, avant d'ajouter :

— Il y a trois ans, quand je souffrais de mon arthrite, j'y ai goûté et ç'a m'a soulagé. Très vite... je m'y suis habitué et puis, un jour, j'ai vu un type en période de « manque »... Un spectacle horrible, sir... Je ne voulais pas qu'il m'arrivât la même chose... Alors, je suis allé trouver le docteur Adamfith.

— Qui c'est, celui-là ?

— Une espèce de saint... Il ne fait presque jamais payer ses consultations, du moins à ceux qui ne le peuvent pas. Il se consacre depuis des années à la désintoxication des drogués... parce que la drogue a tué sa fille. Il y a bien des gens qui souhaiteraient le voir mourir le plus vite possible, mais la police le protège, et les trafiquants savent qu'attenter à la vie du docteur Adamfith risquerait de leur coûter cher... Alors, dans son cabinet de Broadwick Street, il peut continuer son boulot... Un homme bien, sir. Parce que les gars qui trafiquent de la drogue, pour moi c'est les pires salauds qui existent sur cette terre !

Le lendemain, Malcolm McNamara se retrouva à l'heure dite dans le bureau de Duncan qui paraissait de fort joyeuse humeur si Patricia montrait un visage triste.

— Alors, McNamara, en forme ?

— Toujours en forme, mon vieux !

— Tant mieux ! On suit le même scénario qu'hier... Je songeais à vous conseiller d'emprunter un autre chemin, mais votre truc avec le flic de Shaftesbury m'a plu... Je crois que vous avez parfaitement manœuvré. Il n'y a donc pas de raison pour qu'on modifie votre itinéraire. Naturellement, Dewitt vous couvrira en cas de coup dur.. Bonne chance ! Revenez avec le paquet et vous pourrez boucler vos valises pour rejoindre Tomintoul !

— Avec Patricia.

— Avec Patricia, naturellement.

Elle ne pouvait plus supporter ce mensonge. Il fallait qu'elle crie à McNamara que non seulement Duncan n'avait jamais eu l'intention de la laisser partir, mais encore qu'on le tuerait, lui, dès qu'il remettrait les pieds dans ce bureau.

— Malcolm, ne partez pas ! Ils veulent...

Duncan bondit sur elle et, l'empoigna par les bras, la secoua violemment :

— Prenez garde !

Elle ne parvenait pas à échapper à la peur que lui inspirait Jack, mais elle espéra que, mis en garde par son cri, l'Ecossais se méfierait. Cependant, lui aussi semblait la prendre pour une gamine nerveuse, incapable de se contrôler. Il se contenta de dire à Duncan :

— Faut pas la bousculer comme ça, mon vieux, ça ne me plaît pas...

— Elle est toujours nerveuse dans les moments qui précèdent les opérations importantes.

McNamara sourit avec confiance à Patricia dont le visage ruisselait de larmes et, avant de sortir, lui lança :

— Vous avez eu tort de vous mettre dans cet état... Y a pas de danger et on se reverra, petite...

Tout se déroula comme prévu. Malcolm passant devant le *Desabused Pirate* s'entendit appeler :

— Hep ! cousin !

Il se retourna et vit le matelot rencontré la

151

veille qui, du seuil du café, lui adressait de grands signes. Il le rejoignit. L'homme lui tapa affectueusement sur l'épaule.

— J'ai quitté le bateau plus tôt que d'habitude... Vous prenez un verre ?

— Si vous l'offrez !

L'autre s'esclaffa.

— Sacré Ecossais, va !

Ils furent s'accouder au bar et parlèrent du vieux pays puis, exactement comme la veille, le marin s'absenta un instant pour réapparaître avec un paquet qu'il posa sur le comptoir, près de McNamara. Ils trinquèrent et se séparèrent, l'Ecossais prenant tout naturellement sous le bras le paquet à sa portée. Dehors, Dewitt guettait sans impatience la sortie de Malcolm et lui emboîta le pas d'assez loin cependant pour ne pas attirer l'attention.

A l'angle de Shaftesbury Avenue le même policier réglait la circulation. Il sourit à la vue de McNamara qui le rejoignit pour lui signaler :

— Pas de bag-pipe, aujourd'hui !

— Et vous avez raison, sir !

Facétieux, le flic ajouta en montrant du doigt le paquet que portait Malcolm :

— Votre petite provision, hein ?

— J'aime les sucreries.

— Elles ont l'air de bien vous profiter, sir !

Durant ce court entretien, Dewitt suait d'angoisse. C'était vraiment culotté de mettre sous le nez d'un bobby plusieurs kilos d'héroïne ! Il ne respira à son aise qu'au moment où l'Ecossais abandonna le policeman pour entrer dans Dean Street. Peter pressa le pas et rejoignit Malcolm comme ce dernier tournait dans Old Compton Street.

— Changement de programme, McNamara.

— Ah ?

— Duncan ne vous a pas mis au courant parce

152

qu'il est méfiant... On a rendez-vous à Haunslaw, chez un dépositaire où Jack nous attend.

— Comment s'y rendra-t-on ?

— Ne vous tracassez pas. Tout est prévu.

Au même moment, une voiture se rangeait le long du trottoir et le chauffeur, clignant de l'œil, lançait à Dewitt :

— C'est de l'exactitude, ça, hein, Peter ?

— O. K., Jim...

Dewitt invita l'Ecossais à monter dans la voiture et s'assit à côté de lui.

— Vas-y, Jim, et en vitesse... sans pourtant négliger le code de la circulation. Ce n'est pas le moment que les flics s'intéressent à nous !

L'auto démarra pour rouler en direction de l'ouest et Dewitt n'ouvrit plus la bouche. Après Chiswick, ils longèrent la Tamise, face aux Kew Gardens, puis, abandonnant la route de Londres, ils pénétrèrent dans Syon Park. Brusquement, Peter enfonça le canon d'un revolver dans les côtes de McNamara surpris.

— Qu'est-ce qui vous arrive ?

— A moi ? Rien. C'est à vous qu'il risque d'arriver quelque chose si vous ne me remettez pas le paquet... Ralentis, Jim !

L'Ecossais n'en revenait pas.

— Mais... mais, Duncan m'a dit...

— On s'en fiche de Duncan. Allez, hop ! dépêchez-vous ou je tire !

— Patricia...

— Ne vous cassez pas la tête pour elle ! Jamais Duncan ne l'aurait laissé partir ! Ce paquet, vous me le remettez, ou je le prends sur votre cadavre ?

— Vraiment, vous oseriez ?

— Et comment ! Je vais vous confier une chose : vous ne m'êtes pas sympathique, McNamara !

— Ah ? C'est vraiment curieux, parce que vous non plus, vous me plaisez pas tellement...

153

Vous me rappelez Brian McConnaught... Lui aussi, une fois, il a essayé de me prendre ce qui lui appartenait pas.

— Et alors ?

— Et...

Et, les yeux exorbités, l'Ecossais poussa un hurlement d'angoisse :

— Attention au camion !

Parce qu'il croyait connaître le caractère de son adversaire, Dewitt tomba dans le piège et détourna, une fraction de seconde, son attention. Ce fut suffisant pour encaisser un uppercut du gauche qui lui fêla la mâchoire inférieure et le priva incontinent de sentiment. Le chauffeur, encore sous le coup du faux avertissement de son passager, n'était pas remis de ses émotions lorsqu'il sentit le froid du canon d'un pistolet sur sa nuque. Il en bégaya d'émotion :

— Qu'est... qu'est-ce qui se... se passe ?

— Simplement, sir, à votre place, je retournerais au *Palmier d'Hawaï*... Si les flics nous arrêtent en route, avec le paquet de drogue qu'il y a dans la voiture, je suis emmené en prison pour de si longues années que je préfère mourir, mais je vous tuerai avant. Compris ?

— Compris ! Puis-je vous demander... vous n'êtes pas nerveux, sir ?

— Pas le moins du monde.

— J'aime mieux ça ! On appuie si facilement sur une gâchette...

Depuis le départ de McNamara et de Dewitt, Duncan n'avait pratiquement pas desserré les dents. Il s'était contenté d'avertir Patricia :

— Vous avez tenté de mettre votre Ecossais en garde, *darling*, et donc de me trahir. Vous n'ignorez pas que c'est là une initiative que je n'apprécie guère. En punition, vous assisterez à la mort du Tarzan de Tomintoul et... je vous signale que si vous vous avisez de crier, il entrera plus vite

154

encore. Que voulez-vous, ma chère, il a tout du héros de roman, votre amoureux !

Puis, cela avait été le silence. Un silence pesant durant lequel miss Potter cherchait vainement un moyen de prévenir Malcolm du danger qu'il courait, mais elle ne voyait pas comment s'y prendre et ce d'autant plus que ce grand nigaud refusait de croire au mal. On se reverra, petite... C'est tout ce qu'il savait dire ! Et non, justement, il ne la reverrait pas, la petite ! Duncan fumait, les yeux fixés sur le cadran de sa montre. Il devint nerveux lorsque l'heure du retour approcha et quand celle-ci fut dépassée, il se mit à marcher à travers le bureau. Une demi-heure plus tard — ignorant la promenade que Dewitt avait imposée à Malcolm — il explosa :

— Roulé ! il m'a roulé ! Je vous jure Patricia, que je lui mettrai la main dessus où qu'il puisse se cacher, et il paiera cher et longtemps !

— De qui parlez-vous ?

— De qui... mais de McNamara, bien sûr ! De qui voudriez-vous que je parle ?

— De Dewitt !

— Pourquoi de lui ?

— Parce qu'il est capable d'avoir tué Malcolm et de s'être emparé du paquet.

— Jamais il n'oserait.

— Détrompez-vous, Jack. Il m'a proposé de le faire si j'acceptais de partir avec lui.

Incrédule, il la fixa.

— Vous ne vous amuseriez pas à me mentir, n'est-ce pas, Patricia ?

— Maintenant, je me fiche de tout ce qui peut m'arriver !

— Et vous me prévenez seulement ?

— Vos histoires ne m'intéressent pas.

— Chère Patricia, je vous donnerai tout le temps de regretter votre déloyauté à mon égard ! Comptez sur moi... Pour ce qui est de Peter, je le ferai coincer où qu'il aille !

Alors, on entendit le bruit d'une voiture s'arrêtant devant la porte du *Palmier d'Hawaï*. Duncan se précipita à la fenêtre et poussa un soupir de soulagement en apercevant la haute silhouette de l'Ecossais. Il revint vers Patricia.

— J'ignore ce que vous espériez, mais vous avez osé me mentir !

Il la gifla durement. Elle retint un gémissement

— Et ce n'est qu'un avant-goût de ce qui vous est réservé ! En attendant, vous pourrez adresser vos excuses à Peter quand j'en aurai terminé avec le primate écossais !

Il prit place à son bureau et sortit son pistolet qu'il assura dans sa main droite, tandis qu'on entendait s'approcher ceux qui revenaient de leur mission. Patricia hurla :

— Attention ! Malcolm ! il...

La porte s'ouvrit avec fracas et Duncan tira. Il visait, en effet, très bien, et Dewitt, frappé en plein cœur, tomba le nez en avant, McNamara s'agenouilla près de Peter et annonça :

— Ben, mon vieux, vous l'avez tué...

Duncan ne parvenait pas à se reprendre. Pourquoi diable Dewitt était-il entré le premier ? Malcolm déposa sur son bureau le paquet de drogue.

— Voilà la marchandise.

Jack ne savait plus quelle contenance adopter. N'étant pas au courant de la tentative de Peter pour le voler, il se persuadait qu'il avait tué son compagnon pour rien, stupidement. Pour en finir avec l'Ecossais, il devait aller chercher une autre arme. Il s'y disposait lorsque Patricia cria à Malcolm :

— Pourquoi lui avez-vous donné cette drogue ? Ne savez-vous pas ce qu'il va en faire ? Vous êtes donc aussi bête que vous le paraissez ? ou aussi pourri que lui ?

Duncan lui sauta dessus et la frappa en plein visage, puis il lui noua les mains autour du cou.

156

— Garce ! sale garce ! Je vous obligerai bien à vous taire, moi !

Patricia désespérait de l'inaction de McNamara lorsque les accents du bag-pipe éclatèrent dans le bureau. Déconcerté, Jack abandonna Patricia pour se tourner vers l'Ecossais qui soufflait à pleins poumons dans son bag-pipe. C'était tout à la fois grotesque et hallucinant, ce grand type qui jouait du bag-pipe avec un cadavre à ses pieds. Hors de lui, le patron du *Palmier d'Hawaï* se précipita sur Malcolm et lui arracha son instrument de musique :

— Vous êtes devenu fou ?

— Moi ? En voilà une idée !

— Mais qu'est-ce qui vous prend de faire de la musique en un pareil moment ?

— Chez nous, à Tomintoul, on joue toujours *Le colonel est retourné chez lui* quand un type doit mourir.

— Oui, eh bien, gardez vos excentricités pour Tomintoul si vous y retournez jamais !

Et, montrant Dewitt, il ajouta :

— De toute façon, pour lui, c'est trop tard !

— C'est pas pour lui que je jouais, mon vieux.

— Et pour qui, alors :

Tout en enfilant ses gants, McNamara précisa :

— Pour vous.

— Pour moi ?

— Pour vous. Parce que je vais vous tuer, mon vieux.

— Qu'est-ce que vous me racontez ? Vous ne seriez pas un peu malade, par hasard ?

— Voyez-vous, chez nous, à Tomintoul, quand quelqu'un lève la main sur celle qu'on aime, on doit le tuer pour laver son honneur... et j'aime bien miss Potter.

— Si vous vous imaginez m'inquiéter, espèce d'imbécile !

D'un bond, Malcolm se jeta sur lui et l'empoigna à la gorge. Duncan essaya en vain de des-

157

serrer l'étau qui l'étouffait. Penché sur lui, l'Ecossais chuchotait :

— Patricia m'a dit pour cette jeune fille... pour ce policier que Dewitt a assassinés sur votre ordre... elle m'a confié aussi ce que vous l'obligiez à subir... alors, hein, mon vieux, faut bien payer un jour ou l'autre ?

D'abord médusée par la scène se déroulant sous ses yeux, Patricia s'accrocha à McNamara :

— Pas vous, Malcolm, pas vous ! Ne devenez pas un meurtrier à votre tour ! Pour l'amour de moi, lâchez-le !

Sans abandonner sa prise, il la regarda en souriant.

— Vous désirez vraiment que je le lâche ?

— Je vous en supplie !

— D'accord...

Il ouvrit les mains. Duncan roula sur le tapis. Patricia essaya de le ranimer.

— Je pense pas que vous y arriverez...

— Et pourquoi ?

— Parce que j'ai dû serrer trop fort sans m'en apercevoir, et je crois bien que je lui ai écrasé un peu les carotides.

— Alors... Jack est ?...

— Tout ce qu'il y a de plus mort.

Et, tout aussi paisiblement, il ôta ses gants.

— A présent, *darling*, nous pourrons partir pour Tomintoul.

Hébétée, Patricia ne réalisait pas. Des trois hommes qui discutaient dans ce même bureau au début de l'après-midi, seul Malcolm demeurait en vie, alors que c'était lui qui aurait dû mourir... Elle contemplait l'Ecossais avec une certaine appréhension. Il était si fort, si calme, si enfant... Un enfant qui tue sans s'en apercevoir. A voix basse, elle lui posa la question :

— Malcolm... pourquoi ?

— Parce qu'il vous avait frappée et ça, petite,

158

voyez-vous, ça me plaît pas... ça me plaît même pas du tout.

Patricia ne savait comment expliquer à ce trop grand petit garçon que tuer est une chose terrible, lorsqu'on frappa discrètement à la porte et la voix de Tom, hésitante, s'enquit :

— Vous n'avez pas besoin de moi, patron ?

L'Ecossais se colla vivement contre le mur sans mot dire et miss Potter, n'ayant pas encore récupéré, se trouvait dans l'incapacité absolue de s'intéresser à quoi que ce soit en dehors du drame qu'elle venait de vivre. Sans doute étonné qu'on ne répondît point à sa question, Tom entrouvrit, avançant la tête, puis les épaules.

— Vous êtes bien là, pa...

Les mots moururent sur ses lèvres lorsque son regard se fixa sur les corps de Duncan et de Dewitt. Il n'eut pas le réflexe nécessaire pour se rejeter en arrière et refermer la porte. Il hoqueta :

— Bon... Bon... Dieu !

Et tout aussitôt, il se sentit empoigné par les épaules et littéralement aspiré. Plus tard, il avoua avoir cru sur le moment être emporté par une grue. McNamara déposa Tom dans un fauteuil et s'inclinant devant lui, conseilla gentiment :

— Faut vous remettre, vieux.

Le portier était très loin de jouir de l'état d'esprit nécessaire à un retour au calme : il contemplait Malcolm avec des yeux horrifiés.

— Vous... vous allez me... me tuer, moi aussi ?

L'Ecossais se mit à rire et ce bon rire rassura Tom plus que n'importe quel discours.

— C'est Duncan qui a tué Dewitt... et moi j'ai serré un peu le cou de Mr. Duncan qui cognait sur miss Potter.

— Un peu... hein ?

— Il devait être moins costaud qu'il y paraissait, à mon idée.

— Ça... ça doit être ça.

159

McNamara versa un verre de whisky au portier qui le vida d'un trait.

— Qu'est-ce qui s'est passé ?

Tout bonnement, Malcolm raconta l'histoire de la drogue récupérée des mains d'un matelot du *Star of India*, la tentative de Dewitt pour le dépouiller, le traquenard tendu par Duncan et la bagarre finale. Quand il eut terminé, Tom opina :

— Au fond, vous n'avez fait que défendre votre peau.

— Exactement.

— Mais la drogue ? Où est-elle ?

— C'est ce paquet sur la table.

Le portier caressa le colis d'une main tremblante.

— Qu'est-ce que vous vous proposez...

Patricia l'interrompit.

— On va le remettre à la police... N'est-ce pas, Malcolm ?

— Bien sûr...

Tom soupesa le paquet.

— Il y en a pour des milliers et des milliers de livres... de quoi nous assurer une existence confortable jusqu'à la fin de nos jours...

— J'y avais pas pensé !

Patricia supplia l'Ecossais :

— Non, non ! Songez à toutes les misères que cette drogue peut déclencher ! Si vraiment vous m'aimez, vous n'oserez pas une chose pareille !

Songeur, McNamara remarqua :

— Des milliers de livres... On pourrait acheter pas mal de moutons... Léonard Kent veut vendre sa ferme... et elle est rudement bien équipée...

— Malcolm, si vous vendez cette drogue, vous ne me reverrez jamais.

Il lui sourit gentiment.

— Mais si, mais si... Je vous emmènerai à Tomintoul, Patricia... Mais, Tom, je connais personne à qui céder cette saloperie ?

— Vous bilez pas pour ça... je m'en charge et

160

si vous êtes d'accord, on sera bientôt riches !

— Je crois bien que je suis d'accord, Tom !

Et, pour célébrer cet accord, l'Ecossais prit son bag-pipe et joua *Monu musik*, tandis que Patricia, effondrée dans son fauteuil, pleurait ses illusions perdues. Rien ni personne ne la sortirait jamais de ce milieu où elle s'enlisait.

CHAPITRE VI

Les inspecteurs Bliss et Martin comprenaient de moins en moins l'attitude de leur chef, le Superintendant Boyland. Ce qui les exaspérait le plus, c'est que Boyland, écoutant leurs explications, avait l'air de ne pas les prendre au sérieux. Bliss, le plus brutal, s'emporta le premier :

— Enfin, Super, nous avons filé l'Ecossais nuit et jour. Nous l'avons vu gagner le Drow Dock, rencontrer un marin du *Star of India*, se rendre avec lui au *Disabused Pirate* et tout cela sous la surveillance de Peter Dewitt, loin de se douter que nous ne le quittions pas de l'œil. McNamara est sorti du bar avec un paquet qu'il n'avait pas en entrant. A Shaftesbury Avenue, il s'est mis à jouer du bag-pipe...

Le Superintendant se mit à rire.

— Avouez, Bliss, que ce type est un original ?

— Original ou pas, Super, ce type est avant tout un trafiquant de drogue ! Et vous voudrez bien m'excuser, mais les histoires de drogue ne me font pas rire !

— Ne vous énervez pas, inspecteur.

— J'essaie, super... mais c'est difficile. Enfin, conduit au poste de police, l'Ecossais se fit tan-

163

cer comme il convenait et on ouvrit son paquet.

Doucement, Boyland susurra :

— ... Qui contenait ?

— Des sucreries.

Le Superintendant en pleurait de joie et Bliss dut se retenir sérieusement pour ne pas jurer.

— Vous vous rendez compte, Bliss, tout le Yard, ou presque, mobilisé pour un bonhomme se promenant avec des sucettes ?

— D'accord, chef, mais c'était trop idiot pour ne pas cacher quelque chose ! Et le lendemain, nous sommes certains, Martin et moi, qu'il y avait tout autre chose dans le nouveau paquet que McNamara transportait et que lui avait remis le matelot au même endroit !

— C'est possible.

Les deux inspecteurs se regardèrent, ahuris. Martin demanda :

— Alors, on l'arrête ?

— Non.

— Mais enfin, chef.

— Non, Mr. Martin. Votre Ecossais ne m'intéresse pas, je vous l'ai déjà dit.

— Pourtant...

— Ce qu'il me faut, c'est d'abord Duncan et Dewitt, puis le type qui les coiffe et dirige le gang de la drogue dans Soho. Voyez-vous, gentlemen, j'ai la conviction que McNamara n'est rien qu'un instrument entre les mains de gens que nous connaissons bien. Il doit y avoir une explication à sa conduite. Nous la connaîtrons un jour ou l'autre.

— Et en attendant ?

— Ne le perdez pas de vue, mais, surtout, surveillez étroitement les visiteurs inhabituels du *Palmier d'Hawaï*. Si c'est effectivement de la drogue que l'Ecossais a rapporté des docks, on va tenter de la distribuer, et c'est là qu'il faut intervenir. Au revoir, gentlemen... Ah ! si cela vous amuse, arrêtez donc ce matelot et cuisinez-le !

164

Au *Palmier d'Hawaï* fermé pendant que Tom et Malcolm étaient partis pour se débarrasser des corps de Dewitt et de Duncan, Patricia essayait de deviner comment elle devrait agir pour tenter de sauver Malcolm de la tentation et se sauver elle-même. Pour elle, McNamara ne voyait dans son geste que la possibilité de s'installer plus confortablement en sa compagnie à Tomintoul, et cette perspective lui masquait le côté abominable du moyen que le hasard lui offrait. Si elle ne bougeait pas, l'Ecossais déchaînerait contre lui toutes les forces redoutables du gang de la drogue, forces autrement dangereuses que celles de la police. Il n'avait pas l'air de se douter, ce grand idiot, que les truands le retrouveraient même à Tomintoul et le tueraient. Quand McNamara et Tom revinrent, miss Potter n'avait pas réussi à trouver la solution d'un problème qui s'avérait quasiment insoluble.

Le lendemain matin, au *New Fashionable*, McNamara fut tiré d'un sommeil réparateur par Edmund lui annonçant qu'on le demandait au téléphone, quelqu'un qui avait refusé de dire son nom, se contentant d'affirmer qu'il appelait de la part de Jack Duncan. Bien qu'Ecossais, Malcolm ne pensait pas que les défunts usassent du téléphone pour communiquer avec les vivants. Intrigué, il descendit à la réception où se trouvait le seul appareil de l'établissement.

— McNamara... J'écoute ?

— De quel pays venez-vous, Mr. McNamara ?

— De Tomintoul, pourquoi ?

— Qu'avez-vous bu au *Disabused Pirate* ?

— En quoi ça vous regarde ?

— Dans votre intérêt, Mr. McNamara, vous devriez me répondre.

— Admettons ! Un pippermint à l'eau de Seltz, et après ?

— Pas d'après, Mr. McNamara, je suis sûr

165

maintenant que vous êtes bien le McNamara que je cherche.

— Vous me cherchez ?

— Pour vous dire que nous n'ignorons rien de ce qui est arrivé à Duncan et Dewitt.

— Vous êtes leurs parents ?

— Non, leur commanditaire. C'est plus grave...

— Pour qui ?

— Pour vous.

— Parce que ?

— Parce que ces gentlemen possédaient, grâce à vous, quelque chose qui nous appartient et qui vaut très cher... Très cher, vous m'entendez, Mr. McNamara ? Plus cher que la vie de deux ou trois hommes.

— Trois ?

— Vous pourriez être le troisième, Mr. McNamara.

— Je ne suis pas une fillette, vous savez !

— Nous savons, Mr. McNamara, nous savons, mais, de notre côté, nous ne sommes pas des petits garçons. Cependant, nous estimons raisonnable de vous payer ce qui vous revient pour les risques que avez courus... et nous ne serions pas opposés à ce que vous touchiez... disons cinquante pour cent de la commission que nous devions remettre à Duncan. C'est d'accord ?

— Vous allez un peu vite... D'abord, qui êtes-vous ? Le patron de Duncan ?

— Disons son représentant, Mr. McNamara, rejoignez-moi au *Staghound* [1], dans Sutton Street. Vous demanderez Mr. Lionel Brown. Je serai là.

— Quand ?

— Tout de suite.

Sa toilette achevée, avant de gagner Sutton Street, Malcolm téléphona à Patricia pour la mettre au courant et lui prouver, assez vaniteusement, qu'il avait eu raison et que, bientôt, il serait le

(1) Le chien courant.

166

plus riche éleveur de moutons du comté de Banff. La jeune femme le supplia de comprendre qu'il s'agissait vraisemblablement d'un piège, mais l'Ecossais se mit à rire : personne encore n'avait réussi à rouler Malcolm McNamara. Vaincue, miss Potter raccrocha. Pour elle, il était évident que celui auquel Duncan obéissait n'accepterait pas un pareil vol sans tenter de s'emparer du voleur. Pour Patricia, Malcolm allait à la mort. Alors, parce qu'elle l'aimait, parce qu'elle ne voulait pas qu'il meure, elle se précipita au Yard où elle se doutait que tout renseignement concernant la drogue serait bien accueilli. Elle espérait monnayer la liberté de son grand inconscient de Tomintoul, en révélant aux flics où ils pourraient trouver la drogue.

L'entrée de McNamara au *Staghound* suscita une certaine curiosité. Au garçon s'enquérant de ce qu'il désirait boire, l'Ecossais déclara qu'il venait pour rencontrer Mr. Lionel Brown. A peine avait-il prononcé ce nom qu'un gentleman, écartant le serveur, s'inclinait légèrement devant Malcolm.

— Mr. McNamara, je suppose ?

— Oui.

— Je suis Lionel Brown. Vous permettez ?

Le nommé Brown prit place en face de l'Ecossais, commanda les consommations, attendit qu'elles fussent servies pour entamer son discours.

— Mr. McNamara, vous avez traité fort vilainement Mr. Duncan et Mr. Dewitt...

— Duncan seulement, Dewitt, c'est Duncan lui-même qui...

— Nous sommes au courant... Ces gentlemen étaient non seulement nos amis mais aussi nos employés... Ce qu'ils vous ont envoyé chercher nous appartient. Vous vous en rendez compte ?

— C'est vous qui le dites !

— Mr. McNamara, permettez-moi de suggérer

167

que vous auriez tort de jouer un jeu dangereux...

— J'aime bien les jeux dangereux, Mr. Brown.

— Dois-je entendre que vous refusez la proposition que je vous ai faite par téléphone ?

— Je ne traiterai qu'avec le grand patron.

— Ce n'est pas possible.

— Alors, je garde tout.

— C'est votre dernier mot ?

— Le dernier.

— Dommage...

Au Yard, Patricia demanda à parler au chef du service des stupéfiants, à propos du *Palmier d'Hawaï*. Sa chance voulut que ni Bliss ni Martin ne fusse là et qu'on la dirigeât directement sur le bureau de Boyland. Le Superintendant la reçut avec courtoisie.

— Miss Potter, du *Palmier d'Hawaï* ?

— Oui.

— Dois-je comprendre que c'est Duncan qui vous envoie ?

— Jack Duncan est mort.

— Ah ?

— Peter Dewitt aussi.

— Oh ! oh ! un véritable massacre ! Alors ? Vous connaissez leur meurtrier ?

— Oui.

— Son nom ?

— Malcolm McNamara.

Boyland siffla de surprise. Elle ajouta vivement :

— Il n'a tué que Duncan qui avait lui-même essayé de l'abattre ! Quant à l'assassin de Dewitt, c'est Duncan lui-même.

— Et si vous m'expliquiez toute cette histoire bien tranquillement, miss Potter ?

Et Patricia raconta tout, depuis l'arrivée de McNamara au *New Fashionable* jusqu'au rendez-vous de l'Ecossais au *Staghound*. En passant, elle dénonça en Dewitt le meurtrier de Pollard,

168

de Janet Bunhill et de Sam Bloom. Le Superintendant prit beaucoup de notes. Quand elle eut terminé, il demanda :

— Quelle est la vraie raison de votre démarche, miss Potter ?

— Je ne veux pas qu'ils tuent Malcolm.

Boyland remarqua doucement :

— Vous aimez cet Ecossais, n'est-ce pas ?

— Oui, et je ne veux pas non plus qu'il se mêle au trafic de la drogue... Je préfère qu'il aille en prison pour un moment. Vous ne l'y garderez pas longtemps, dites ?

— A condition que nous l'arrêtions avant qu'il n'ait vendu la marchandise dont il s'est emparé. D'ailleurs, vous-même, miss Potter, je suis au regret de vous dire que vous aurez des comptes à rendre à la justice...

— Cela m'est égal, si je puis sauver Malcolm et qu'on le laisse repartir à Tomintoul !

— Miss Potter... où se trouve la drogue ?

— Dans ma chambre.

— Parfait. Je vous remercie de l'aide que vous nous apportez... Ah ! un mot encore : où sont les corps de Duncan et de Dewitt ?

— Je l'ignore... Malcolm et Tom, le portier, les ont emportés. Dans la Tamise, je pense ?

— Je le pense aussi... Ça n'arrange pas les affaires de votre Ecossais ! La seule chance que vous ayez encore de rendre les juges indulgents à son égard, miss Potter, c'est de ne pas lui souffler mot de notre entretien. Comptez sur nous, quoi qu'il arrive et quoi que vous puissiez penser de ce qui se passera, nous ferons tout notre possible pour le protéger. Nous sommes d'accord ?

— Entendu.

— Alors, rentrez chez vous, miss Potter, et ayez confiance dans le Yard. A nos yeux, McNamara est un gibier sans importance par rapport à celui que nous essayons de découvrir depuis des années

169

et qui dirige le trafic de la drogue. Naturellement, vous ne le connaissez pas ?

— Non.

En rentrant au *Palmier d'Hawaï*, Patricia y rencontra McNamara fort excité. Il la mit au courant de son entrevue avec Brown. Elle tenta vainement de lui faire entendre raison, mais l'Ecossais s'entêtait :

— Comprenez donc, *darling*, que si je parviens à traiter directement avec le patron mystérieux de la drogue, je pourrai obtenir cinquante pour cent de la valeur totale et nous serons bougrement riches !

— A moins qu'ils ne vous tuent avant !

— Pas question...

— Malcolm... nous n'avons pas besoin de cet argent ! Emmenez-moi à Tomintoul !

— Ce serait trop bête d'abandonner cette fortune !

— Mais réfléchissez que cette drogue condamnera des centaines d'êtres humains !

— Je ne suis pas chargé de veiller sur la santé des autres !

— Malcolm... Je vous ai aimé parce que je vous ai cru différent. Mais je m'aperçois que vous ne valez pas mieux qu'eux... Agissez comme vous l'entendez, mais ne comptez plus sur moi pour quoi que ce soit. Je n'irai pas à Tomintoul ! Adieu, Malcolm, je ne vous reverrai jamais.

— Mais si, mais si...

— Jamais !

— Et moi, je suis sûr qu'on se reverra, petite...

Elle sortit en claquant la porte très fort. Sitôt qu'elle eut quitté la pièce, l'Ecossais appela Tom et lui expliqua son point de vue quant aux bénéfices à retirer d'une négociation directe avec le grand patron. Le portier approuva.

— Mais comment joindre ce type, que presque personne ne connaît ?

170

— Toute la question est là.

— Parmi les distributeurs, je compte pas mal de copains, mais ils dépendaient de Duncan pour le ravitaillement. Pas une chance qu'ils puissent soupçonner l'identité du patron...

Ils s'abîmèrent dans des réflexions mélancoliques jusqu'à ce que McNamara convînt :

— Dans ce cas, nous serons obligés d'en passer par ce Brown et ça ne me plaît pas.

— A moi non plus, mais comment s'y prendre autrement ?

— Je pense à une chose, Tom... Edmund, le garçon du *New Fashionable*, m'a parlé d'un médecin qui se dévouait aux drogués ?

— Adamfith, oui...

— Si ce type-là reçoit depuis longtemps les confidences des intoxiqués, il y a peut-être une chance pour qu'il ait une idée de la personnalité de celui que nous cherchons ?

— J'en doute... sans ça, le toubib serait déjà mort. Enfin, ça vaut la peine d'essayer.

En se présentant devant le Superintendant, Martin et Bliss arboraient des airs farauds qui amusèrent beaucoup Boyland s'efforçant de ne rien laisser paraître de son plaisir.

— Alors, inspecteurs, quoi de nouveau ?

Bliss expliqua :

— Nous avons arrêté le matelot du *Star of India*. Il n'a pas été trop coriace et a fini par avouer qu'il avait remis dix kilos d'héroïne à McNamara.

— Dix kilos ? Bigre !

— Comme vous dites, chef, et de plus, ce garçon a eu la gentillesse de nous confier qu'il avait remis cette fortune à l'Ecossais, sur la recommandation de Peter Dewitt qui agissait, bien entendu, au nom de Jack Duncan.

— Intéressant, tout cela !

— Et comment ! Je crois, chef, que cette fois-ci,

171

nous les tenons et nous allons pouvoir venger Pollard !

— Qu'est-ce que vous proposez, Mr. Bliss ?

— Martin et moi, nous prenons quelques hommes et nous fonçons au *Palmier d'Hawaï* où nous embarquons Dewitt et Duncan pour commencer.

— Impossible.

— Impossible ? Pourquoi ?

— Parce qu'ils sont morts tous deux. A ce propos, vous téléphonerez à la brigade fluviale, Martin, pour lui demander de retrouver les deux corps.

Les inspecteurs n'en revenaient pas. Martin, le premier, se reprit.

— Comment sont-ils morts, chef ?

— Mr. Duncan a tué Mr. Dewitt par erreur et Mr. McNamara a paisiblement étranglé Mr. Duncan qui venait de frapper brutalement miss Potter. Il paraît même qu'il a usé de courtoisie jusqu'à jouer un petit air sur son bag-pipe en l'honneur de Mr. Duncan avant de le tuer. Cet Ecossais professe des délicatesses qui sortent de l'ordinaire. Ne trouvez-vous pas ?

Bliss, qui manquait totalement d'humour, cria :

— Délicat ou pas, on l'embarque sous l'inculpation de meurtre et de trafic de drogue ! Cela suffira pour le mener à la potence ou le garder en prison jusqu'à la fin de ses jours ! Permettez-moi, chef, de souligner que je vous ai mis en garde contre cet Ecossais.

— Je le reconnais, Mr. Bliss.

— Et vous n'avez pas voulu que je l'arrête !

— Et je ne le veux toujours pas, Mr. Bliss.

— Quoi ?

— Si nous avons une seule chance de parvenir jusqu'au patron de la drogue, c'est cet Ecossais qui nous y mènera. Donc, défense de lui infliger la moindre peine. C'est bien entendu, Mr. Bliss ?

— D'accord, chef, mais... après ?

— Après, je vous le livrerai.

— Alors, il ne perd rien pour attendre !

— J'en suis persuadé, mais, pour l'heure, vous montrerez votre savoir-faire tous les deux en demeurant aux trousses de McNamara sans que personne ne puisse vous remarquer. Si vous échouez... j'en serai navré pour vous deux, gentlemen. Ah ! pendant que j'y pense, vous pouvez clore les dossiers Pollard, Bunhill et Bloom. C'est Dewitt qui les a assassinés et... il est mort.

Martin, plus timide que son collègue, demanda pourtant :

— Vous... vous en êtes certain, chef ?

— Je n'ai aucune raison de mettre en doute ce que m'a rapporté miss Potter.

— Parce que c'est elle... qui ?...

— C'est elle, oui. Elle a suivi toute l'histoire de bout en bout.

— Mais, chef, pour quelles raisons est-elle venue vous renseigner ? Pour essayer de se dédouaner ?

— Parce qu'elle est amoureuse de McNamara.

Bliss ricana :

— Ils feront leur voyage de noces en prison !

— Et puis aussi parce que miss Potter est une brave fille qui n'a pas eu de chance.

— Ça, alors !

— Voyez-vous, Mr. Bliss, j'ai le sentiment que vous ne comprenez pas complètement le rôle de la police. Il faudra que je vous l'explique un jour, un jour où vous m'aurez mis de bonne humeur, ce qui n'est pas le cas aujourd'hui !

Lorsque Malcolm pénétra dans son cabinet, le docteur Adamfith eut un haut-le-corps :

— Nom d'un chien ! Ne me dites pas que vous êtes malade ?

— Rassurez-vous, docteur, j'ai jamais été malade... Avec les moutons, on n'a pas le temps...

Le médecin n'eut pas l'air de saisir le rapport pouvant exister entre la santé de son visiteur et

173

la gent ovine, mais habitué à toutes les excentricités, il n'insista pas.

— Si vous n'êtes pas souffrant, Mr... ?

— McNamara. Malcolm McNamara, de Tomintoul.

— Que puis-je pour vous, Mr. McNamara ?

— Je m'assieds ?

— Je vous en prie ! Excusez-moi... Je vous
écoute, Mr. McNamara.

— Il paraît, docteur, que vous vous intéressez
particulièrement aux drogués, que vous tentez de
les arracher à leur vice... depuis la triste histoire
de votre...

— S'il vous plaît, Mr. McNamara... ne parlez pas
de cela... j'essaie d'oublier, du moins durant le
jour... qu'attendez-vous de moi ? Vous n'êtes sûrement pas un drogué ?

— Heureusement non... simplement un homme
qui a des ennuis... de graves ennuis avec les patrons de la drogue dans Soho.

— Alors, méfiez-vous ! Ce sont des gens impitoyables... accessibles à aucun sentiment humain...
Il n'y a que l'argent qui les intéresse !

— C'est justement d'argent qu'il s'agit.

Le médecin considéra son hôte avec surprise.

— Je ne vois vraiment pas pourquoi vous avez
cru bon...

— J'ai pensé que depuis que vous avez des
contacts avec les drogués, vous auriez pu apprendre, deviner qui est celui qui mène le jeu, celui
que je voudrais rencontrer pour essayer de m'entendre avec lui.

Adamfith secoua la tête.

— Non... Je ne sais rien. Les malades n'ont
confiance en moi, ne viennent à moi que parce
qu'ils savent que je ne cherche pas à percer
leurs secrets. Je regrette, Mr. McNamara, mais...
si je connaissais l'homme responsable de la mort
de ma fille, je l'aurais déjà tué de mes mains !

Quelque peu dépité par l'inutilité de sa démarche, l'Ecossais regagna le *Palmier d'Hawaï* pour raconter son échec à Patricia. Mais la jeune femme n'était pas là. Tom lui apprit qu'elle venait de sortir après une conversation téléphonique. Ayant appris de Malcolm que le docteur n'avait pu lui fournir aucun renseignement, le portier hocha la tête.

— Je m'en doutais... eh bien, il ne nous reste plus, je crois, qu'à accepter les propositions de ce Brown... Bah ! cela nous fera encore un joli paquet chacun. Vaut mieux ne pas être trop gourmand et rester en vie !

Le téléphone sonna. Après avoir décroché et écouté, Tom tendit l'appareil à Malcolm.

— Pour vous.

— Qui ?

— Je l'ignore.

L'Ecossais demanda :

— Qui est à l'appareil ?

— C'est vous, McNamara ?

— Oui. Qui êtes-vous ?

— Celui que vous cherchez.

— Vous voulez dire le... le grand patron ?

— S'il vous plaît de m'appeler ainsi. Brown m'a mis au courant de vos exigences, elles sont ridicules, Mr. McNamara.

— Ce n'est pas mon avis.

— Eh bien ! vous avez tort.

— C'est vous qui le dites !

— Tout aussi ridicule que votre visite à cet imbécile d'Adamfith ! Vous devriez admettre que si ce bonhomme savait la moindre des choses, nous l'écarterions très vite et... définitivement.

— Comme Pollard ? comme Bloom ? comme Janet Bunhill ?

— Exactement.

L'Ecossais réfléchissait à toute vitesse. Quoi qu'il en eût, il était forcé de reconnaître qu'il se heurtait à trop forte partie.

175

— Ecoutez...

— Je ne fais que cela Mr. McNamara.

— Je suis d'accord sur les propositions de Brown.

Malcolm perçut un petit rire ironique.

— Malheureusement, c'est moi qui ne suis pas d'accord.

— Ah ? Combien m'offrez-vous ?

— Rien.

— Vous êtes fou ?

— Oh ! non, Mr. McNamara.

— Dans ce cas, je garde la drogue.

— Et moi, je garde miss Potter.

— Quoi ?

— Vous avez très bien entendu. Vous avez la drogue, moi, j'ai miss Potter. Je vous propose un simple échange.

— Et si je refuse ?

— Miss Potter rejoindra Duncan et Dewitt.

— Vous avez gagné. J'accepte.

— J'ai toujours prétendu que les Ecossais étaient les gens les plus raisonnables du monde. Rendez-vous ce soir, à huit heures, où vous avez rencontré Mr. Brown. Vous prendrez un verre de stout. Vous en boirez la moitié, puis vous vous rendrez aux toilettes. Mr. Brown vous y attendra pour vous conduire jusqu'à moi.

— Qu'est-ce qui me prouve que ce n'est pas un piège ?

— Voulez-vous entendre miss Potter ?

Presque tout de suite, ce fut la voix angoissée de Patricia :

— Ne vous occupez pas de moi, Malcolm... Ils me tueront de toute façon ! Si vous venez, ils vous tueront aussi ! ne venez pas !

— Personne me tuera, Patricia... et vous, vous n'avez aucune raison de mourir puisque je dois vous emmener à Tomintoul !

— Oh ! Malcolm, je vous en supplie... prenez conscience de la réalité ! Ne soyez pas enfant à

176

ce point-là ! Je vous aime, Malcolm... et c'est parce que je vous aime que je vous adjure de ne pas venir ! Adieu, Malcolm... adieu, *darling*... bonne chance.

— Ma chance, c'est vous, Patricia... Vous en faites pas, on se reverra, petite.

Le patron se reporta en ligne.

— J'ai écouté votre conversation avec miss Potter, McNamara... Ne prêtez pas attention à ses propos. Elle a peur et la peur paralyse la raison... Je vous félicite de ne pas céder à ses prières stupides !

— Moi, quand j'ai décidé quelque chose, c'est difficile de m'arrêter, et j'ai décidé de vous reprendre Patricia.

— Et de me remettre le paquet ?

— Et de vous remettre le paquet.

— Parfait. J'ai justement notre acheteur américain près de moi, il eût été très fâché d'avoir traversé l'Atlantique pour rien. A ce soir.

— A ce soir.

L'Ecossais reposa le téléphone. Impatient, Tom s'enquit :

— Alors ?

— Alors, tout est fichu.

— Comment ça ?

— Ils ont enlevé miss Potter.

— C'est regrettable, mais qu'est-ce que ça a à voir avec notre marché ?

— Ils ne rendront Patricia qu'en échange du paquet.

— Et vous avez accepté ?

— Je pouvais pas agir autrement.

— Vous me paierez ma part ?

— Où voulez-vous que je prenne l'argent ?

— Et vous estimez correct que je sois ruiné pour cette fille dont je me fiche pas mal ?

— Tom, mon vieux, vous commencez à m'embêter.

— Ça me fait de la peine...

177

Le portier sortit un revolver de sa poche et le braqua sur l'Ecossais.

— Les plaisanteries les plus courtes sont les meilleures, Mr. McNamara. On vous a appris ça à Tomintoul ?

— Si, bien sûr... et vous, on vous a pas appris que c'était dangereux de jouer avec les armes à feu ?

— Pas pour celui qui les tient ! Allez, assez fait le clown, sacré Ecossais ! Filons chercher le paquet, et vite !

— Vous m'étiez sympathique, Tom...

— Vous me serez encore plus sympathique quand vous m'aurez remis la drogue.

— Et Patricia ?

— Ça, ce sont vos affaires, et je suis trop discret pour m'en mêler...

L'un derrière l'autre, ils pénétrèrent dans la chambre de miss Potter et Malcolm se dirigea vers le lit.

— Vous aviez pas besoin de moi, mon vieux, pour le trouver, ce paquet.

— Où est-il ?

— Sous le lit.

— Vous, alors ! Planquer une pareille fortune sous un lit ! Pas possible, vous devez être dingue, ma parole ! Eh bien ? Qu'est-ce que vous attendez pour le ramasser ?

McNamara se pencha. Tom commit l'erreur de trop se rapprocher, et l'Ecossais, prenant appui sur le sommier, décocha une furieuse ruade au portier qui partit à reculons en criant de douleur. En une fraction de seconde, l'Ecossais était sur lui et d'une seule droite, l'endormit. Après, il lui attacha les mains et les pieds. Quand il eut achevé son opération, il s'employa à ranimer Tom, dont les premiers mots pleins d'amertume furent pour constater :

— On m'avait toujours conseillé de me méfier des Ecossais...

178

— Il faut toujours écouter les bons conseils, mon vieux.

McNamara empoigna le bonhomme ficelé et le déposa sur le lit.

— Voilà, mon vieux... miss Potter vous délivrera.

— Et si elle ne vient pas ?

— Alors, c'est qu'elle et moi ne serons plus de ce monde.

— Parlez si ça me console !

Bliss apporta au Superintendant Boyland la transcription de la conversation que McNamara avait eue avec son interlocuteur au téléphone.

— Cette fois, chef, on les prend tous la main dans le sac.

— Grâce à l'Ecossais.

— C'est-à-dire...

— C'est-à-dire, Mr. Bliss, que si ce garçon ne s'était pas emparé de la drogue, s'il n'était pas profondément épris de miss Potter, nous n'aurions aucune chance d'arriver à celui qui nous intéresse et que nous ne parvenons pas à repérer.

— Ce n'est quand même pas une raison pour pardonner à ce McNamara d'avoir voulu trafiquer de la drogue ?

— Sûrement pas !

— Dans ce cas, chef, je suis d'accord !

— Vous m'en voyez ravi, Mr. Bliss.

— Si on peut les empoigner tous, on félicitera l'Ecossais avant de lui passer les menottes.

Avant de quitter le *Palmier d'Hawaï*, Malcolm fit boire et manger son prisonnier. La cérémonie terminée, il tapota la joue de Tom.

— Le mieux pour vous maintenant, mon vieux, ce serait de vous endormir après avoir adressé une prière au ciel pour qu'il nous permette, à miss Potter et à moi-même, de nous en sortir.

En ouvrant la porte du *Staghound*, McNamara

179

lança un « Salut ! C'est encore moi ! » qui amena des sourires sur les visages des habitués. Conformément aux ordres reçus, Malcolm commanda un verre de stout qu'il vida à moitié avant de se rendre aux toilettes, sa boîte sous le bras. Il était certain que le patron du *Staghound* téléphonait au patron pour lui annoncer que tout se déroulait comme prévu. Aux toilettes, l'Ecossais eut le temps de se laver longuement les mains et de s'admirer dans la glace avant que Mr. Brown ne se montrât.

— Bonjour, McNamara... Vous avez eu tort de ne pas accepter mon arrangement..., il faut croire qu'à Tomintoul, on s'imagine plus malin qu'à Londres ?

— Ça peut arriver, mon vieux, non ?

Ni l'un ni l'autre, du moins apparemment, ne prit garde que la porte d'un des box s'entrouvrait légèrement comme si quelqu'un souhaitait voir sans être vu.

— Venez, McNamara...

— Où ?

— Rejoindre miss Potter. N'est-ce pas ce que vous souhaitiez ?

— Je vous suis.

— Erreur, gentleman, vous passez devant !

Ils descendirent dans la cave du *Staghound* où régnait une forte odeur de bière. Ils la traversèrent dans toute sa longueur pour atteindre une petite porte sous laquelle Malcolm eut bien du mal à se glisser. Ils débouchèrent dans un couloir d'où ils remontèrent un escalier et l'Ecossais comprit que son compagnon et lui étaient passés dans un autre immeuble. Disposition classique, mais toujours excellente. Enfin, les deux hommes s'arrêtèrent devant une porte que Brown se contenta de pousser. Encore un escalier menant au sous-sol et ils arrivèrent dans une cave voûtée et vide qu'éclairait une ampoule électrique. Mr. Brown annonça :

180

— C'est ici qu'a lieu le rendez-vous, McNamara.

— Où est miss Potter ?

— Ne soyez pas si impatient !

— Malcolm, vous êtes quand même venu ?

L'Ecossais se retourna. Patricia se tenait devant lui.

— Hello ! *darling* ! Traverseriez-vous les murs ?

— Non, hélas !... On m'a poussée par cette petite porte là... Oh ! Malcolm, pourquoi ne m'avez-vous pas écoutée ?

— Et j'ai rudement bien fait, non ?

— Mais ne comprenez-vous donc pas qu'ils ne nous laisserons jamais repartir ?

— Pourquoi ? Je leur donne la drogue, c'est bien ce qu'ils voulaient non ?

Miss Potter se mit à sangloter.

— Malcolm... mon pauvre Malcolm... vous ne serez jamais parvenu à deviner qu'on ne vivait pas à Soho comme à Tomintoul !

— Vous vous faites des idées, petite... Tenez, Mr. Brown, je pose le paquet sur la table... maintenant, on s'en va miss Potter et moi.

Mr. Brown sourit.

— Je crains bien que ce ne soit pas possible, Mr. McNamara.

Tout en parlant, Brown recula de deux pas et sortit un pistolet qu'il braqua sur son interlocuteur.

— Je suis navré, McNamara, mais nous ne pouvons pas vous permettre de filer. Vous en savez trop... Je vais être dans la pénible obligation de vous abattre tous les deux, et cette perspective, je vous l'affirme, ne m'enchante pas.

— Moi non plus...

— Vous avez le sens de l'humour, hein ?

— A Tomintoul, quand on conclut un marché, on le respecte.

— Malheureusement pour vous, nous ne sommes pas à Tomintoul.

181

— Je suis sûr que votre patron n'est pas au courant.

— Détrompez-vous, McNamara, Brown n'agit jamais autrement que sur mon ordre.

L'Ecossais regarda celui qui venait d'apparaître dans la cave en empruntant le même passage que miss Potter. Malcolm semblait médusé.

— Ainsi... c'est vous le... le grand patron ?

— Eh ! oui.

— Ça, alors !... Vous êtes rudement fort, docteur Adamfith !

— Merci.

— Mais l'histoire de votre fille... une blague ?

— Non... Elle a été plus maligne que les policiers du Yard... Elle a deviné que j'étais le distributeur de drogue... et cette petite sotte est devenue ma cliente sans que je le sache... pour essayer d'oublier ce qu'était son père... Un esprit faible... et je n'aime ni les faibles ni les naïfs, c'est pourquoi je vous supprime, McNamara, vous et miss Potter !

— Comme ce policier dont m'a parlé Patricia ? Et cette jeune fille ?

Adamfith eut un rire satisfait.

— Le Yard est loin de soupçonner le bon docteur qui se porte aux secours de tous les drogués pour tenter de les désintoxiquer... En vérité, je les adresse à mes distributeurs... et ce Pollard qui est venu me demander de l'aider à me coincer ! Drôle, non ? J'ai tout de suite compris que la Bunhill craquerait et c'est la raison pour laquelle sitôt que l'inspecteur eut quitté mon cabinet, j'ai alerté Duncan... et il n'y a plus eu de Pollard ni de miss Bunhill...

— C'est moche...

— Alors ça, Mr. McNamara, ça m'est complètement égal... Comme Brown, je vous affirme que je suis peiné d'être dans l'obligation de vous éliminer... parce que vous m'avez rendu un grand service, non seulement en allant chercher l'héroïne, mais encore en écartant Duncan et Dewitt du partage... Dommage que vous soyez amoureux de miss Potter, dommage pour vous et... pour elle.

A son tour, Adamfith sortit un pistolet.

— Je tire très bien, McNamara, vous ne souffrirez pas.

Patricia se jeta devant l'Ecossais.

— Tuez-moi, docteur, mais pas lui... Il va repartir à Tomintoul, rejoindre ses moutons... Vous n'entendrez plus parler de lui.

— Impossible, miss Potter, je tiens à ma liberté.

Malcolm écarta doucement la jeune femme.

— Merci, *darling*... mais, rassurez-vous, il ne tuera personne.

Adamfith leva son arme.

— C'est beau de mourir avec des illusions, McNamara !

— Un moment !

Un autre homme entrait dans la cave, toujours par l'ouverture d'où avaient surgi Patricia et le médecin. Adamfith, hargneux, s'adressa au nouveau venu :

— Qu'est-ce qui vous prend, O'Rourke ?

— Adamfith, je ne tiens pas du tout à être mêlé à une histoire de meurtre.

Il sortit une liasse de dollars en grosses coupures.

— Voilà l'argent, doc'... donnez-moi la marchandise et cinq minutes pour filer. Après, vous agirez comme il vous plaira.

Adamfith haussa les épaules.

— D'accord... McNamara, donnez le paquet à notre client d'outre-Atlantique et ne vous permettez pas la moindre incartade, sinon Brown et moi tirons !

L'Ecossais prit la drogue et la tendit à O'Rourke qui s'approcha pour la recevoir, mais au moment où, à son tour, il tendait la main, son

183

regard rencontra celui de Malcolm et il exécuta un très joli saut en arrière en criant :

— Bon Dieu de Bon Dieu !

Les autres le contemplèrent, effarés. Le médecin cria :

— Qu'est-ce qu'il vous arrive, O'Rourke ?

— Ce qu'il m'arrive ? Vous savez qui c'est ce type-là ?

— Un éleveur de moutons de Tomintoul, dans le comté de Banff.

— Ah ! elle est bien bonne !... Votre éleveur de moutons, c'est Malcolm McNamara, un des meilleurs agents du service des narcotiques !

Il y eut un très léger instant de flottement et l'Ecossais en profita. D'un bond, il fut sur O'Rourke. Adamfith tira et ce fut O'Rourke qui encaissa. Son hurlement emplit la cave. Brown, à son tour, voulut tirer, mais il fut haché par une rafale de mitraillette en provenance de l'escalier, tandis qu'un ordre bref intimait :

— Jetez votre arme, Adamfith, ou vous êtes mort !

Le docteur hésita une fraction de seconde, puis abandonna son pistolet. Les policiers se précipitèrent tandis que McNamara, se relevant, se contentait de dire :

— Vous avez failli être en retard, Boyland.

CHAPITRE VII

— Alors, Malcolm, vous retournez à Tomintoul ?

— Bien sûr... en espérant que vous ne viendrez plus m'y chercher. J'entends vivre avec mes moutons et seulement avec mes moutons.

— Je le regrette pour nos services, mais je vous approuve et vous envie.

L'Ecossais prenait congé de son ami le Superintendant Boyland.

— Naturellement, vous laissez miss Potter tranquille ?

— Elle est déjà rentrée chez elle. Puis-je me permettre de dire que je n'ai nulle envie de causer la peine la plus légère à la future Mrs. McNamara ?

— Vous pouvez, mon vieux, vous pouvez !

Patricia avait rejoint le *Palmier d'Hawaï* en compagnie de l'inspecteur Martin qui, ayant jugé bon de lui faire la morale, l'accompagna jusque dans l'appartement et eut ainsi la surprise de découvrir Tom qu'il n'eut que la peine de confier à la voiture cellulaire appelée par téléphone. Puis il aida miss Potter à boucler ses valises et à les transporter dans le taxi qui la conduirait à la

185

gare de Paddington où elle prendrait le train en direction du pays de Galles. La jeune femme partie, le policier entreprit une fouille minutieuse dans les papiers de Duncan. McNamara le trouva plongé dans ses recherches.

— Miss Potter n'est pas là ?

— Elle a filé.

— Filé ?

— Avec ses valises... A mon avis, un départ définitif.

— Auriez-vous une idée de la direction qu'elle a prise ?

Martin sourit.

— Paddington Station... et si je suis bien renseigné, le train pour Swansea ne part que dans une demi-heure.

Lorsque le train s'ébranla, Patricia sentit sa gorge se serrer. Elle pensait à ses naïvetés d'autrefois lorsqu'elle croyait qu'elle allait conquérir Londres grâce à l'appui de Duncan, à ses naïvetés d'hier quand elle s'imaginait qu'il existait encore des hommes comme Malcolm. Elle n'aurait pas voulu pleurer, mais ce fut plus fort qu'elle. Furieuse, reniflant ses larmes, elle n'arrivait pas à ouvrir son sac, pour y prendre son mouchoir et, subitement, elle eut un mouchoir sous les yeux. Sans prêter attention à l'insolite de l'événement, elle s'en empara pour se tamponner les yeux tout en disant :

— Merci...

— A votre service, miss.

Cette voix... Elle releva la tête. Debout dans le couloir qu'il obstruait, l'Ecossais lui souriait.

— Vous ?

— Vous prenez un drôle de chemin, *darling*, pour gagner Tomintoul !

— Je n'irai jamais à Tomintoul.

— C'est embêtant... j'ai pris les billets... et un

186

Ecossais, *darling*, n'aime pas jeter l'argent par les fenêtres... Nous descendons à Heading pour rejoindre Londres.

— Non.

— Si.

Malcolm entra dans le compartiment, posa son sac dans le filet et s'assit en face de miss Potter.

— Pourquoi vous sauviez-vous, Patricia ?

— Je ne veux plus vous voir !

— Et pourquoi ? Je pensais que vous m'aimiez ?

— Ce n'est pas vous que j'aimais, mais l'éleveur de moutons, celui qui croyait à tout ce qu'on lui disait...

— En quoi ai-je changé ?

— Vous êtes un flic ! Vous m'avez trompée !

— Erreur... J'ai été longtemps un agent du M. I. 5., mais j'ai démissionné il y a trois ans. C'est Boyland qui est venu me chercher à Tomintoul pour lui donner un coup de main afin de ficher en l'air le réseau de la drogue dans Soho. Je n'ai pas changé, Pat, et je vous aime toujours autant.

— Mais pour quelles raisons avoir joué ce personnage d'hurluberlu ?

— Parce que je le suis vraiment et aussi parce que je tiens que pour passer inaperçu, il est préférable de se faire remarquer. Le Yard savait que le *Palmier d'Hawaï* était au centre de l'affaire. Le tout consistait à m'y introduire de façon à ne point éveiller la méfiance. D'où l'histoire de la fortune que je portais sur moi et qui a mis l'eau à la bouche de feu Sam Bloom. Boyland connaissait les relations entre le *New Fashionable* et le *Palmier d'Hawaï*... Il fallait que je descende par hasard dans cet hôtel miteux et mon personnage d'Ecossais naïf m'a bien servi. J'étais décidé à tourner en taxi jusqu'à ce qu'on m'y amène. Je n'ignorais pas votre existence et mon plan était d'attendre notre rencontre pour feindre d'être subjugué par votre beauté... Je n'avais

187

pas prévu que je serais victime de mon propre piège.

— Dites-vous la vérité, cette fois, Malcolm ?

— Pourquoi vous emmènerais-je à Tomintoul ? Sur ma demande, Boyland n'avait parlé de moi à personne, ce qui m'a attiré quelques désagréments avec la police.

— Comment m'avez-vous retrouvée dans ce train ?

— Ne vous avais-je pas assurée qu'on se reverrait, petite ?

Alors, elle se remit à pleurer et tout naturellement, pour la consoler, il la prit dans ses bras.

Donald Stevens, chef de train, somnolait en songeant à ce que Maud, sa femme, lui aurait préparé comme repas froid, lorsque Herbert Johnson, le contrôleur, l'arracha à sa gourmande somnolence. Johnson était un débutant et Stevens n'aimait pas les jeunes en qui il voyait une menace perpétuelle. Le contrôleur paraissait quelque peu affolé.

— Mr. Stevens ! Mr. Stevens !

— Quoi ? Qu'est-ce qu'il y a ? Le feu ?

— Non, c'est un Ecossais...

— Tout en me méfiant des gens des Highlands, je ne saisis pas comment, Mr. Johnson, on peut assimiler à une catastrophe ferroviaire la présence d'un Ecossais dans un train ?

— Mais... Mr. Stevens, c'est qu'il fait du scandale !

— Du scandale ?

— Il joue du bag-pipe avec une dame tendrement appuyée sur son épaule. Les voyageurs s'écrasent dans le couloir pour le voir et ils sont au moins douze dans le compartiment au mépris du règlement !

— Et qu'est-ce qu'il joue, votre Ecossais, Mr. Johnson ?

— Je crois que c'est *Dornie Ferry*.
— Et il joue juste ?
— Il me semble.
— Alors, fichez-lui la paix, Mr. Johnson, et, par la même occasion, fichez-la-moi aussi, hé ?

FIN

DERNIERS VOLUMES
PARUS DANS LA COLLECTION
LE CLUB DES MASQUES

486	CESSEZ DE PLEURER, MELFY !	**CATHERINE ARLEY**
487	UN CŒUR D'ARTICHAUT	**EXBRAYAT**
488	LE DOUBLE HALLALI	**FRANCIS DIDELOT**
489	LE TRIBUNAL DES SEPT	**PAUL KINNET**
490	L'ASSASSIN DE L'ÉTÉ	**GILBERT PICARD**
491	TROIS MOBILES POUR UN CRIME	**ROY WINSOR**
492	LES VALETS D'ÉPÉE	**CATHERINE ARLEY**
493	L'ÉTAU	**E. J. BAHR**
494	TOURMENTE DE NEIGE	**RAE FOLEY**
495	LE PRIX NOBEL ET LA MORT	**JAN MARTENSON**
496	ESPRIT DE FAMILLE	**JOHN CASSELLS**
497	LE FANTÔME VOUS DIT BONJOUR	**LOVELL**
498	IL FAUT CHANTER ISABELLE	**EXBRAYAT**
499	CETTE NUIT-LÀ	**SLESAR**
500	QUI ÉTAIT DONC M. JOHNSON ?	**CARMICHAEL**
501	L'ANALPHABÈTE	**RENDELL**
502	NOIRS PARFUMS	**HÉLÈNE DE MONAGHAN**
503	LE TROU DU DIABLE	**PIERRE SALVA**
504	HERCULE POIROT QUITTE LA SCÈNE	**AGATHA CHRISTIE**
505	LE MEURTRE D'EDWARD ROSS	**ANTHONY GILBERT**
506	LES AMOURS AUVERGNATES	**EXBRAYAT**
507	CHÈRE LAURA	**JEAN STUBBS**
508	LA VOIX QUI CHUCHOTAIT	**JOHN CASSELLS**
509	NOUS ÉTIONS TREIZE EN CLASSE	**MARIA LANG**
510	LA DANSE DE SALOMÉ	**RUTH RENDELL**

ENVOI DU CATALOGUE COMPLET SUR DEMANDE

IMPRIMÉ EN FRANCE PAR BRODARD ET TAUPIN
7, bd Romain-Rolland - Montrouge - Usine de La Flèche.
ISBN : 2 - 7024 - 1432 - X